1

游侠学徒

戈兰的废墟

[澳]约翰·弗拉纳根 著
刘思含 译

GUANGXI NORMAL UNIVERSITY PRESS
广西师范大学出版社
·桂林·

YOUXIA XUETU 1 : GELAN DE FEIXU

游侠学徒 1：戈兰的废墟

出版统筹：汤文辉　　　　　　责任编辑：宋婷婷
品牌总监：张少敏　　　　　　美术编辑：刘淑媛
质量总监：李茂军　　　　　　营销编辑：赵　迪
版权联络：郭晓晨　张立飞　　责任技编：郭　鹏

图书在版编目（CIP）数据

游侠学徒. 1，戈兰的废墟 /（澳）约翰·弗拉纳根著 ；刘思含译. --桂林：广西师范大学出版社，2024.6
（神秘岛. 文学海岸线）
书名原文: Ranger’s Apprentice 1: The Ruins of Gorlan
ISBN 978-7-5598-6811-4

Ⅰ. ①游… Ⅱ. ①约… ②刘… Ⅲ. ①儿童小说—长篇小说—澳大利亚—现代 Ⅳ. ①I611.84

中国国家版本馆 CIP 数据核字（2024）第 046551 号

广西师范大学出版社出版发行
（广西桂林市五里店路 9 号　邮政编码：541004
网址：http://www.bbtpress.com）
出版人：黄轩庄
全国新华书店经销
北京博海升彩色印刷有限公司印刷
（北京市通州区金桥科技产业基地环宇路 6 号　邮政编码：100076）
开本：787 mm × 1 092 mm　1/16
印张：19.75　　　　　字数：130 千
2024 年 6 月第 1 版　　2024 年 6 月第 1 次印刷
定价：59. 00 元

献给迈克尔

柔弱少年的英雄之旅

少年本柔弱，却圆英雄梦，凤凰涅槃的蜕变背后，是什么样的机缘？又有着怎样的心路历程？澳大利亚作家约翰·弗拉纳根的《游侠学徒》，视角对准那些尚显稚嫩、渴望长大却略带迷茫的少年，将他们置于家国存亡的社会背景之下，以超级商业大片的既视感，展现了一次战胜自我、穿越逆境、保家卫国的英雄之旅，给予当代少年极深的成长启示。

与很多经典儿童文学作品类似，《游侠学徒》也有着典型的成长小说特征：在内容层面，娓娓道来少年惊心动魄的冒险经历，一下子勾起阅读的欲望，让人恨不得一口气读完，进入忘我之境；在心理层面，少年的内心世界鲜活呈现，性格由游移到坚定、由怯懦到勇敢，无不引发读者强烈的共鸣，每个伏笔和环节的设置亦都让读者生出强烈的代入感，从主人公身上窥见自己，犹如身临其境；在价值观层面，则多次冲击着读者旧有的价值体系，打开他们的心胸格局，在真善美的关照下激发出荣誉感、责任感，涵养家国情怀和使命担当。

当然，优秀的儿童文学往往有着更高层面的教育价值，即无论是天马行空的奇幻童话还是现实主义题材的生活故事，都能在疗愈心灵之余，引发教育反思，让读者不由自主地换位思考、重塑自我，理解同辈、走近父辈，达成和解、自信成长。反映在《游侠学徒》这部作品中，则是借助扣人心弦、一波未平一波又起的紧凑情节，在诸多人物关系的发展变化中，生动表现出少年内心看似细微实则宏大的变化，帮助他积蓄奋斗的动力，锚定自己的精神坐标，确立未来的人生航向。

例如，威尔与贺拉斯同为学徒，一开始并不亲近，彼此还有过矛盾，甚至因误解而差点大打出手，但危急时刻他们又能惺惺相惜，互帮互助，见证了何为真正的兄弟友谊。威尔与导师霍尔特也是由敬畏到亲近，由等级分明的师徒成为并肩作战的战友，此种亦师亦友、如父如子的关系，成为威尔人格蜕变、人生转向的关键，也足以说明与父辈的联结是少年长大成人的必修课，可以起到加速成长的作用。而且，作者有意将少年所面临的重重考验置于残酷的正邪对抗之中，由此传递出少年唯有走出象牙塔、走进真实生活，有了责任担当、积极作为之后，方能长大成人的教育观。

从这种角度看，《游侠学徒》具有优秀儿童文学的典型特征，可谓催发少年奋进的励志之书，不仅塑造了一个个有血有肉的少年人物，有着充满画面感的动作描写和极其细腻的心理刻画，在情节设计上也屡屡有推陈出新、出人意料之处。

以整个故事架构为例，虽然延续了传统意义上正反对峙的框架，即黑暗勋爵莫格拉斯被打败后卷土重来，召集兽人大军，并找来恐怖、残忍的野兽卡尔卡拉作为帮手。一句“莫葛拉斯又有新动作了”，使得原本平静的生活突生变数，一场发生在阿拉伦、匹克塔、凯尔特三大王国之间斗智斗勇的大戏徐徐拉开。但很显然，正邪对抗并非《游侠学徒》的主线，醉翁之意在于少年的心智成长，在于全方位展示看似柔弱的少年如何一步步变得坚强、勇敢，如何在挽救家国危难的过程中重拾勇气，成为最好的自己。

不得不承认，作者很了解当下少年的情感动态，对少年群体的亚文化，如自我怀疑、同伴欺凌、同窗友谊、师徒情谊、异性之间的懵懂情愫等了然于心。无论是选拔日之前紧张氛围的铺垫，还是选拔过程的种种意外，抑或实战阶段针锋相对的较量，都让读者真实触摸到少年们的细腻情感，看到他们一点一滴的成长。换而言之，主人公威尔与贺拉斯等的相处，不只是故事发展的需要，也是在帮助读者由故事转而关照现实，学会面对竞争、应对欺凌、强大自信。

自然而然的衔接、按部就班的叙事、柳暗花明的峰回路转，独属于少年群体的精神画像因此被一一描摹出来，不仅引起更多同龄人的亲近感、认同感，也让成年读者们深受启发、大呼过瘾。

之所以有如此独特的阅读感受，是因为少年小说不只是给少年阅读的，也是成年人了解少年的窗口，从中一窥少年的所作所为、所思所想，知道如何与他们相处、如何听到他们的心声、如何教育引导他们健康长大。很多时候，少年群体的亚文化如果不是少年主动讲述，成年人一般是很难知晓的。就像贺拉斯被三个同学欺凌，给成年人的启示是，唯有以平等的姿态与少年相处，得到他们发自内心的信任，才能找到解决问题的那把钥匙。

游侠之“游”，有探险奇遇之意；游侠之“侠”，则有骑士精神的指向。实际上，每个少年内心深处都有一个远行梦、冒险梦，抑或侠客梦、家国梦，一心游历四方、仗剑天涯，路见不平、拔刀相救，学有所成、一展抱负。愿越来越多的少年能无惧命运的考验，在逆境中历练自我，在平凡中创造惊喜，早日成为有勇气、有担当的侠之大者。

（作者张贵勇，系文学博士、亲子教育作家）

目录

阿拉伦、匹克塔和凯尔特王国

公历643年

序幕

硝烟再起

莫葛拉斯，阿拉伦王国从前的戈兰男爵，如今的雨夜山丘领主，正抬眼望着城堡窗外大雨滂沱的荒原，心中第一千次发出咒骂声。

如今他所拥有的只有眼前这些——崎岖的花岗岩壁、嶙峋的乱石和冰封的山脉。险峻的山崖与羊肠小道间只有数不清的沙砾与碎石，灰蒙蒙的天地间看不到一丝草木的绿色。

他来到这片名为领地、实为牢狱的雨夜山丘，已经十五年了，但他仍然记得自己以前的那片名叫“戈兰”的领地上的景色，记得那绿意盎然的森林、草木苍翠的山峦、溪流中欢快的游鱼、田野里丰饶的庄稼与时而出没的猎物。他记忆中的戈兰是一片美丽宜人的乐土，而他面前的雨夜山丘是一片死气沉沉的荒地。

一群兽人正在城堡下方的空地上操练。莫葛拉斯的目光在它们身上停留了几秒钟，他听到它们伴随着每一个动作从喉咙里发出的颇有节奏的嘶哑呼号。兽人是一种矮壮而怪异的生物，一半像人，一半像野兽，长着像熊罴或恶犬一样丑陋的口鼻和尖牙。

为了避免与人类接触，兽人自远古时代起就躲在这片穷乡僻壤繁衍生息。从来没有哪个人真的见过它们，只是从口耳相传的故事里知道，在这片山丘中确实有一个半人半兽的蛮族部落。蓄谋推翻阿拉伦国王统治的莫葛拉斯因此离开了他的领地前来寻访它们。如果这种生物真的存在，那么它们将在即将到来的大战中派上用场。

莫葛拉斯花了好几个月的时间终于找到了它们。兽人没有自己的语言，仅靠最原始的、含混不清的呼号进行交流。它们头脑简单，没有什么心机，因此非常容易被具有聪明的头脑和强大的意志的人类彻底支配。莫葛拉斯将它们收入麾下，改造成了一支完美的军队——它们丑陋吓人的外表下，是彻头彻尾的冷血和对莫葛拉斯的完全顺服。

此时，看着它们，莫葛拉斯又想起了过去戈兰堡比武的盛况：身着闪亮铠甲的骑士们个个英姿勃发，引得场边盛装打扮的女士们发出一阵阵欢呼喝彩。想想那些骑士，再看看眼下这群黑毛覆体的怪物，莫葛拉斯又一次咒骂起来。

兽人们感受到莫葛拉斯的愤怒，不安地骚动起来，操练也停下了。他怒气冲冲地叫它们继续训练，兽人们才又喝喝地喊起口号来。

莫葛拉斯离开了没有玻璃的窗口，回到壁炉旁，就连炉火也无法驱散这座阴森城堡中缭绕的湿气与寒冷。十五年了，他又想到十五年前，他举兵造反，背叛了刚刚加冕的阿拉伦国王邓肯。当时的邓肯不过二十几岁，老国王缠绵于病榻期间，莫葛拉斯一直精心谋划，希望借着老国王的优柔寡断和他死后的一时混乱引发其他领主的分裂，从而一举夺权。

莫葛拉斯秘密地训练了这支兽人军队，将它们集结在山里，等待出击的良机。老国王驾崩后，举国哀悼，领主们纷纷前往阿拉伦城堡参加葬礼，一时间各地的军队群龙无首，而莫葛拉斯就在此时发起了进攻。仅仅数天，他就横扫了王国东南部四分之一的领土，将各地的守军打得一败涂地。

邓肯是个缺乏经验的毛头小子，根本不是他的对手。莫葛拉斯对那顶王冠志在必得，毫无疑问，阿拉伦王国已是他的囊中之物。

老国王生前任命的最高统帅诺索尔特勋爵集结了一批年轻的

贵族，组建了一支勤王联军，这大大增强了邓肯的信心，也稳住了其他摇摆不定的贵族。双方军队在裂流河畔的亥肯荒野爆发了激烈的战斗，战斗持续了五个多小时，双方旗鼓相当，伤亡惨重。裂流河河底湿软的流沙和淤泥为莫葛拉斯军队的右翼提供了难以突破的天然屏障。

然而，一名可恶的身着灰绿斗篷的游侠带领一支重甲骑兵从十英里①外上游的一处浅滩悄悄渡过了裂流河。在千钧一发之际，这支重甲骑兵有如天降般地出现在莫葛拉斯军队的后方。

莫葛拉斯的兽人军队是在乱石岗上训练出来的，它们有一个弱点：害怕马群。它们根本无力抵御重甲骑兵的奇袭，一溃千里，只好通过狭窄的三步隘关口逃回了雨夜山丘。莫葛拉斯的叛乱以失败告终，他也随它们一同退回了雨夜山丘，这一退就是十五年。十五年来，他等待着，谋划着，同时深深地憎恨着所有令他陷入这一悲惨境地的仇敌。

现在，莫葛拉斯认为报仇的时候到了。他接到探子的密报，整个阿拉伦王国现在都耽于安乐，守备废弛，人们几乎已经忘记了他的存在。莫葛拉斯现在已经成为传说中的人物，只有母亲在吓唬顽劣的孩子时才会搬出他的大名：“不听话的孩子会被黑暗勋爵莫

① 英里为英美制长度单位，1 英里约为 1.61 千米。——译者注

葛拉斯抓走！”

时机已经成熟。这一次，他将带领兽人军队东山再起；这一次，他会联合更多的盟友；这一次，他会未雨绸缪，提前散播混乱与不安的种子；这一次，他要将从前的敌人通通剪除，再也没有人能向邓肯国王施以援手。

他在这片阴冷的山丘里发现的远古生物可不只有兽人。这一次，他找来了另外两个帮手，是两只更加恐怖、更加残忍的野兽——卡尔卡拉。

现在，是它们登场的时候了。

第1章

忐忑的少年

“还是吃点儿东西吧，威尔。不管怎么说，明天可是个大日子。”

金发碧眼的珍妮是一个漂亮活泼的姑娘，她指了指威尔面前的盘子里几乎没动过的食物，露出一个充满鼓励的笑容。威尔试图报以同样的微笑，却失败了。他在盘子里来回扒拉，里面堆满了他最喜欢吃的食物，但今晚他的心里既紧张又期待，一口东西都吃不下。

威尔当然知道明天是个大日子，没有人比他更清楚这一点。明天将是他一生中最重要的一天——选拔日，它将决定他未来的道路。

“我猜是紧张了吧。”乔治说着，放下手中叉满食物的叉子，气定神闲地拉了拉上衣的翻领。他是一个身材修长的男孩子，学习认真刻苦，痴迷于一切富有规则的事情，喜欢对任何问题的正反两面进行探究和讨论，说起话来滔滔不绝。“紧张是很可怕的。人一紧张，就会失去思考能力，吃不下饭，说不出话。”

“我不紧张。”威尔赶紧答道。他注意到贺拉斯已经抬起头，似乎正准备发表一两句刻薄的评论。

乔治不住地点头，似乎在思考威尔刚刚说的话。“但从另一个角度来说，”他又补充道，“适度的紧张实际上会让你表现得更好。紧张能增强你的感知，让你的反应更快。所以也可以这么说，如果你真的感到紧张，那么这种紧张本身其实也不是什么值得紧张的事。”

威尔不由自主地露出一丝苦笑。他想，乔治天生就适合从事法律工作。他几乎可以肯定，明天一早，乔治就会被大书记官挑走。也许这正是问题所在，威尔想，在这五个人里，只有自己对未来十二个小时内将要进行的选拔感到恐惧。

“他就应该紧张。”贺拉斯奚落道，“说到底，哪位大师会挑他做学徒啊？”

“我猜每个人都很紧张吧。”艾莉丝接口道，她向威尔露出了难得一见的笑容，“只有傻瓜才不紧张。”

“我就不紧张！”贺拉斯话一出口，就看到艾莉丝挑起一边的眉毛，珍妮在一旁咯咯地笑了起来。他的脸唰的一下红了。

这确实是艾莉丝会做的事，威尔心想。他知道这位个子高挑、举止优雅的姑娘已经内定了红山堡外交部首脑波琳女士的学徒位置。她先是假装对第二天的选拔感到紧张，在贺拉斯情急失言后仍旧不动声色——这一切都表明她已经颇具外交手腕了。

珍妮毫无疑问会加入城堡御厨房，拜入红山堡首席大厨丘博大师的门下。这位大厨因其制作的珍馐而闻名遐迩。珍妮喜爱美食和烹饪，性格乐天幽默，无疑会成为忙碌的厨房里不可或缺的一员。

至于贺拉斯，他会选择加入战斗学校。威尔瞥了这位同伴一眼，他正狼吞虎咽地消灭盘中成堆的火鸡肉、火腿和土豆。相较同龄人，贺拉斯身材魁梧、体格强健，战斗学校几乎没有任何理由拒绝他。贺拉斯正是罗德尼爵士想要招募的战士学徒：健康，强壮，充满活力。想到这里，威尔感觉有点儿酸溜溜的，不过也只是一点儿。战斗学校正适合贺拉斯这样的男孩，他们出身平凡，却能凭借出色的体能和技巧成为保卫王国的骑士。

现在就只剩下威尔了。他会选择做什么呢？更重要的是，正如贺拉斯所言，哪位大师会挑选他做学徒呢？

对生活在红山堡抚养院里的孩子们来说，选拔日是他们一生的转折点。他们都是被慷慨的红山堡领主阿拉德男爵抚养长大的孤儿。许多孩子的父母都因保卫领地而死，因此阿拉德男爵认为自己有责任照顾这些忠勇部属的遗孤，将他们抚养长大，并尽可能为他们提供改变生活处境的机会。

选拔日正是这样的机会。

每年的这一天，抚养院中年满十五岁的孩子都可以申请成为城堡中某一位技艺大师的学徒。大师们在挑选学徒时，一般会考虑孩子父母的职业以及他们与自己的交情，那些没有被他们选中或资质平平的孩子将被指派到附近村庄里的农家，协助做些耕种、放牧等农活，以供养城堡中的居民。

威尔知道这样的例子很少，阿拉德男爵和技艺大师们会尽量安排每个孩子都学习一门技艺，但没人敢打包票威尔不会遭遇被指派去村庄的命运，而这正是威尔最害怕的。

贺拉斯与他对视了一眼，露出一个得意的微笑。

“威尔，你还是打算申请去战斗学校？”他的嘴里塞满了火鸡肉和土豆，“那你还是赶紧多吃点儿吧！你这么瘦骨嶙峋的可不行。”

贺拉斯从鼻子里喷出一声冷笑，威尔对他怒目而视。几个星期前，贺拉斯无意中听到威尔告诉艾莉丝，说自己非常想去战斗学校。从那天起，贺拉斯就抓住一切机会嘲讽威尔瘦小的身材不适合接受战斗学校严苛的训练，这让威尔非常难受。

而且，一想到贺拉斯说的是实话，威尔就更难受了。贺拉斯身材高大、体格健硕，而威尔个子不高，清瘦但结实。威尔反应很快，行动敏捷，身体看上去瘦弱实际却颇具力量，但他确实无法达到战斗学校对学徒的体形要求。在过去的几年里，他始终心怀一线希望，幻想自己能在选拔日到来之前迎来大人们所说的“抽条”。现在选拔日已经近在眼前，“抽条”却依然遥遥无期。

看到威尔一言不发，贺拉斯意识到这一次他占到了口头上的便宜。这可真稀罕。在过去的几年里，他和威尔常常爆发冲突。作为身体更强壮的一方，贺拉斯常常在打斗中占据上风。只有在少数情况下，威尔可以利用自己的速度和敏捷突然给他一脚或者一拳，再逃之夭夭。

不过，贺拉斯尽管总是在身体冲突中获胜，却在语言交锋中常落下风。威尔的机智不逊于他的敏捷，常常堵得贺拉斯说不出话来。实际上，这正是他们不和的一大原因——威尔还没有意识到得理不饶人并不是一件好事。贺拉斯决定乘胜追击。

“你得发育好点儿才能申请去战斗学校，威尔，长一些真正的肌肉。”贺拉斯说着，环视餐桌一周，看看是否有人有不同意见。其他几个孩子在剑拔弩张的气氛中坐立难安，只能低头盯着自己面前的盘子。

“主要是脑子得发育好。”威尔回敬道。很不幸，珍妮又没忍住笑。贺拉斯的脸涨得通红，噌的一下站了起来。但是威尔的动作更快，贺拉斯还没站好，他就已经跑到了门口。贺拉斯并未追上去，只是继续羞辱已经逃开的同伴。

“没错，你就跑吧！没名没姓的威尔！谁会收你当学徒？”

站在前厅的威尔听到背后的辱骂，一下子气血上涌。这是他最讨厌听到的话，但他从未在贺拉斯面前表现出来。如果他在贺拉斯面前表现出这个弱点，无异于给了对方一把攻击自己的利剑。

确实，没有人知道威尔姓什么，没有人知道他的父母是谁。同伴们的父母在去世之前都是这片领地上的居民，人人都知道他们的来历；但威尔不同，当年他是一个不知道从哪里来的婴儿。十五年前，人们在抚养院门口的台阶上发现了这个被装在篮子中、裹着小毯子的孩子。毯子里还放着一张字条，上面写着：

他的母亲难产而死。

他的父亲为国捐躯。

这个孩子名叫威尔，请好好照顾他。

那一年抚养院只接收了两个孩子，另一个就是艾莉丝。她的父亲是一名骑兵中尉，在亥肯荒野的战斗中牺牲了——正是那场决战将莫葛拉斯和他的兽人军队赶回了雨夜山丘。艾莉丝的母亲悲痛欲绝，在诞下女儿几周后就因高烧而去世。抚养院里有足够的房间收留威尔这个来路不明的孩子。阿拉德男爵是个善良的人，尽管威尔来路不明，他还是决定将威尔当作红山堡的孩子抚养长大。如果那张字条所言非虚，那么威尔的父亲很可能死于抵御莫葛拉斯的战斗，而积极参与了那场战役的阿拉德男爵对抚养这个无名烈士的遗孤感到义不容辞。

威尔就这样成为抚养院的一员，并在阿拉德男爵的慷慨抚育和教导下长大了。后来，抚养院里又多了一些孩子，与他和艾莉丝同岁的孩子总共有五人。不过有的人保留了关于父母的记忆，有的和艾莉丝一样，能够从父母的故交那里听说父母的故事，只有威尔依然对自己的身世一无所知。

因此，威尔编造了一个故事，这个故事支撑着他在抚养院度过了整个童年。他不停地为这个故事增添各种细节和色彩，最终连他自己都信以为真了。

他知道自己的父亲为国捐躯了，那么将他刻画成一名英雄就是顺理成章的——他的父亲曾披坚执锐对抗兽人大军，冲锋陷阵，最终因为寡不敌众而英勇牺牲。威尔的脑海中常常浮现出一个身披铠甲的高大身影，他能仔细摹画出那身铠甲的每一个细节，却始终想象不出父亲的面容。

作为一名战士，父亲一定很希望自己能追随他的脚步。正是这样的想法使得入选战斗学校成了威尔心中最深的渴望，而他越是明知自己可能不会被选上，就越是绝望地期盼自己能够被选上。

他从抚养院走出来，步入黑暗的城堡庭院。太阳早已落山，城堡外墙上每隔二十码[①]悬挂的火炬闪烁着摇曳不定的光芒。他踌躇着，不愿意回去再与贺拉斯纠缠，不然他们俩势必又要打一架，而他很可能打不过贺拉斯。乔治也许会站出来为他分析情况，但还会是那套“要从正反两面看问题”的说辞。艾莉丝和珍妮也许会试着安慰他，尤其是艾莉丝，他们是真正的青梅竹马。不过此时此刻，他不想要姑娘们的同情，也不想面对贺拉斯的奚落，于是他决定去一个他知道的地方，在那里他可以一个人静一静。

城堡主塔旁那棵参天的大无花果树常常充当他的避风港。威尔从不畏高，他轻松地爬上树，在令许多人望而却步的高度也不曾停留，而是径直爬到树顶。树枝在他的身体重压下微微晃动。以前，他经常为了躲避贺拉斯而爬上这棵树。贺拉斯上树的速度远远比不上威尔，他也不愿意爬到那么高的地方。威尔选中一根结实的树杈跨坐上去，让身体随着枝条在晚风中轻轻摇摆。树下巡逻的城堡守卫在高空俯视下缩成了一个个小点。

---

① 码为英美制长度计量单位，1码约为0.91米。——编者注

他听到抚养院的大门打开的声音，定睛一看，是艾莉丝走了出来。她四下张望，寻找威尔的踪迹，但一无所获。这个高个子姑娘在原地停留了一会儿，耸了耸肩，又回屋里去了。她轻轻地把门带上，原本从门缝里透出来的细长灯光也随之消失了。真奇怪，威尔不禁想道，为什么他们从来不抬头看看呢？

这时，他听到一阵翅膀扑棱作响的声音，一只仓鸮落在了他身旁的树枝上。它的脑袋扭向一边，那双大眼睛敏锐地捕捉着每一丝光亮。它的目光漫不经心地落到威尔身上，似乎知道这个人没有什么威胁。它才是那个猎手、沉默的猛禽、暗夜的统治者。

“至少你知道自己是谁。”他轻声对这只仓鸮说。仓鸮又扭了扭脑袋，然后向夜空中振翅而去，只留下威尔独自沉浸在自己的思绪中。

他坐在树上，渐渐地，城堡窗口的灯光一盏接一盏地熄灭了。外墙上的火炬也已燃到尽头，只留下一缕缕青烟，要等午夜换班的守卫过来更换。最后，整座城堡只剩一个窗口还透出光亮，那是阿拉德男爵的书房。红山堡的领主此时仍在伏案工作，处理堆积如山的报告和文书。书房的高度与威尔所处的位置差不多，他可以看到书桌旁阿拉德男爵那魁梧的身影。最后，阿拉德男爵站起身，伸了个懒腰，俯身吹灭台烛，回楼上的卧室去了。现在，整座城堡都已沉睡，只有城墙上的守卫仍在尽职地巡逻。

威尔意识到，距离选拔只剩不到九个小时了。他沉默无言，心中既痛苦又害怕，他实在不想面对那最悲惨的结局。他默默地滑下树，回到已是昏暗一片的抚养院，轻手轻脚地来到宿舍的床上。

第2章

选拔日

“好了，孩子们！到这边来！打起精神！”这个说话的人——不，这个大声嚷嚷的人，正是阿拉德男爵的秘书马丁。他的声音回荡在前厅，五个孩子略显局促地从刚刚坐着的长木凳上站了起来。这一天真的来了。他们突然紧张起来，磨磨蹭蹭地往前走，谁也不愿意第一个穿过马丁为他们拉开的那扇包铁大门。

“快点儿，快点儿！”马丁不耐烦地催促道。最终，像威尔预料的一样，艾莉丝站了出来，第一个走了进去。其他人亦步亦趋地跟上这个高个子的金发女孩。既然有人打头阵，他们很乐意跟随。

走进阿拉德男爵的书房，威尔好奇地环顾四周。他从没来过城堡的这片区域。这座塔楼里分布着城堡的理事部门和阿拉德男爵的私人起居室，像孩子们这样等级较低的居民很少来这儿。这个房间很大，天花板高悬于威尔的头顶，四壁由巨大的石块砌成，巨石的接缝里灌满了泥浆。东面是一扇敞开的大木质百叶窗，可以在恶劣的天气下关闭。威尔发现那扇大窗正是他昨夜得以窥见阿拉德男爵身影的窗户。如今，阳光正透过那扇大窗落在阿拉德男爵那张巨大的橡木书桌上。

“过来，排成一行！排成一行！”马丁似乎很享受对他们发号施令。孩子们拖拖拉拉地排成一行，马丁仔细打量了一番，嘴角一撇，很不满意。

“按身高排！最高的站在这儿！”他指了指旁边的一个位置。孩子们按照指示重新排队。贺拉斯毫无疑问是最高的，接下来是艾莉丝。然后是乔治，他比艾莉丝矮半头，瘦得令人心疼。他像平常一样弯腰驼背地站着。威尔和珍妮犹豫了片刻，随后珍妮朝威尔笑了笑，示意他站到她前面——尽管她可能比威尔还要高一英寸①。珍妮就是这么善良，她知道威尔对于自己在五人中身量最矮而感到难过。然而，正当威尔准备走进队伍时，马丁出声制止

① 英寸为英美制长度计量单位，1 英寸约为 2.54 厘米。——译者注

了他。

“不是你！旁边的女孩先过来。”

珍妮略带歉意地耸耸肩，按照马丁的指示走进了队伍。威尔只能站到队伍的最后，心中埋怨马丁何必把他身高不够的缺陷暴露得如此明显。

“打起精神！机灵点儿！机灵点儿！现在听我口令，立正！”马丁还没来得及再说，一个低沉的声音打断了他。

“我看没这个必要，马丁。”

说话的是阿拉德男爵，他刚从那张巨大书桌后面的一扇小门里悄无声息地走进来。马丁立刻摆出了一个他自认为是立正的姿势：两只瘦骨嶙峋的手紧贴身体，脚跟紧紧并在一起，以至于弯曲的双腿在膝盖处完全分开了，最后再把头高高仰起。

阿拉德男爵瞥了他一眼，无语地翻了翻眼皮，有时候这位秘书在一些场合表现出的过分热情真让人吃不消。阿拉德男爵高大魁梧、肌肉发达，这正是一名骑士应有的身材。然而，众所周知，阿拉德男爵也钟爱美食佳肴，因此他的大块头里也许不完全是肌肉。

他留着一把修剪得整整齐齐的短黑胡须，但和他的头发一样，在四十二岁的年纪逐渐显露出灰白的痕迹。他有着坚毅的下巴、大鼻子，浓眉下是一双锐利的黑眼睛。这是一张强硬但不刻薄的脸，威尔想。令人惊奇的是，这双眼睛还不乏幽默。在阿拉德男爵过去寥寥几次走访抚养院了解孩子们的学习和成长情况时，威尔就注意到了这一点。

“大人！”马丁把音量提到最大，令阿拉德男爵忍不住皱了皱眉，“候选人集结完毕！”

“这我能看出来。”阿拉德男爵耐心地答道，“那么是否可以劳驾你请各位技艺大师一同进来呢？”

“是，大人！”马丁响亮地回答道，同时用力将脚跟一并。可惜他今天穿的是一双软皮鞋，并不能达到跟他的嗓音同样的效果。他装模作样地朝书房门口走去，那副模样令威尔想起了公鸡。马丁刚搭上门把手，阿拉德男爵又一次开口了。

“马丁？”他轻声叫道。秘书转过身，露出询问的表情，阿拉德男爵继续以平和的口吻说道：“请技艺大师们进来时，不要大吼大叫的。技艺大师们可不喜欢这样。”

“是，大人。”马丁似乎有些泄气。他打开门，尽可能压低了声音说道：“各位技艺大师，阿拉德男爵有请。”

技艺学校的首脑们鱼贯而入，并无先后尊卑之分。他们各司其职，彼此欣赏尊重，因此也很少会遵循严格的礼仪顺序。

首先走进来的是罗德尼爵士，他是战斗学校的校长。他和阿拉德男爵一样，身材高大，肩宽体阔。他身着一套标准的锁子战甲，白色的披风上装饰着他自己的纹章——一个血色的狼头。在他还年轻时，他就通过与长期骚扰王国东部海岸的斯堪狄亚海盗舰队作战而赢得了这枚纹章。当然，他也佩戴着骑士在公开场合决不离身的绶带和佩剑。他与阿拉德男爵年纪相仿，有一双蔚蓝色的眼睛，如果不是那只惨遭骨折的鼻子，他一定是一个令人印象深刻的帅哥。他留着浓密的髭须。与男爵不同的是，下巴上没留胡子。

接下来是乌尔夫，驯马大师，负责照料和训练城堡里那些强壮的战马。他有一双敏锐的棕色眼睛，身强体壮，手臂肌肉发达，手腕粗大。他在羊毛衬衫外面只套了一件皮背心，软皮的长筒马靴拉到膝盖以上，包裹着紧身裤。

乌尔夫之后是波琳女士。她年轻时曾是远近闻名的美人，如今依旧苗条、优雅，风韵犹存，牢牢吸引着异性的目光。她因对王国外交事务所作的卓越贡献而获得封衔，如今任红山堡外交部的首脑。阿拉德男爵非常倚重她，她既是他的密友，又是他的顾问。阿拉德男爵常说女孩更适合外交工作，因为女孩心思更加细腻，善用计谋。而男孩总是想用武力解决问题，只会一股脑儿地涌向战斗学校。

跟在波琳女士身后的自然是大书记官奈哲尔。在等待马丁来请他们入内的时候，他们一直在讨论共同关心的问题。奈哲尔和波琳女士既是同事，又是好友。许多由波琳女士手下的外交官递交的官方文件与公报都是奈哲尔手下的书记员起草的。他有广博的法学知识，因此也常常为这些文件与公报的确切措辞提供参考意见。奈哲尔身材矮小，精瘦结实，那张写满了聪慧与好奇的脸令威尔不由得联想到雪貂。他的头发乌黑发亮，脸瘦长，那双深色的眼睛不住地四下打量。

最后一个走进来的是城堡的首席大厨丘博大师。他身穿厨师白袍，头戴高帽，身材肥胖，大腹便便——作为一名厨师，这也是没办法的事。城堡里人人都知道他有着一点就着的火暴脾气，因此孩子们在他面前总不免战战兢兢。丘博大师面色红润，一头红发的发际线正在急速后退。不管走到哪里，他总是带着一柄大木勺——它简直成了厨房的编外人员。有时，这柄木勺也能充当武器，乒乒乓乓地落在那些粗心大意、丢三落四或慢腾腾的厨师学徒的脑瓜儿上。在抚养院的孩子们当中，只有珍妮将丘博视为大人物。她曾公开表示一定要追随丘博大师，刻苦磨炼厨艺，绝不畏惧木勺。

当然，城堡里还有其他技艺大师，比如军械师和锻造师。但只有仍有余力招收新学徒的大师才会出席今日的选拔。

“技艺大师们已经到齐了，大人！”马丁又一次提高了嗓门。

看来，马丁认为音量大小应当与场合的重要程度成正比。阿拉德男爵再次无语地翻了翻眼皮。

“我已经看到了。”他平和地答道，又以更为正式的声音向大家问好，“早上好，波琳女士。早上好，各位先生。”

众人纷纷回礼，阿拉德男爵再一次转向马丁：“或许我们可以继续了？”

马丁点了好几下头，翻了翻手中的一沓纸，然后雄赳赳地走到孩子们面前。

“好了，男爵等着呢！男爵等着呢！谁先来？”

威尔垂下眼睛，紧张的目光从一只脚上转移到另一只脚上。突然，他心中升腾起一股奇怪的感觉，他感到有人在看着自己。他抬起头，正好对上一道深邃的目光，不禁吓了一跳。那是游侠霍尔特。

威尔没有看到他是什么时候进来的。他意识到，这位神秘的游侠想必是在刚刚所有人的注意力都集中在几位大师身上时，从另一扇小门溜进来的。现在，霍尔特就站在阿拉德男爵的椅子后方，稍稍偏向一侧，身上穿着他平日里最常穿的棕灰色衣服，外面裹着长长的灰绿花斑游侠斗篷。霍尔特的出现总是令人不安。他常常出现在你最意想不到的时刻，而你绝不可能提前发现他的踪迹。村民们相信游侠一定会施一种在普通人面前隐形的魔法。威尔不确定这种说法是否可信。他很好奇霍尔特今天为什么会出现在这里。据威尔所知，霍尔特并未被认证为技艺大师，他过去也从未出席过任何一场选拔日活动。

突然之间，霍尔特的目光从他身上移开了，那感觉就像一盏灯突然熄灭了。威尔意识到马丁又开始发言了。他发现这位秘书很喜欢把一句话重复两遍，仿佛自带回声。

“那么，谁先来？谁先来？”

阿拉德男爵大声叹了口气，以一种征询的口气问道：“为什么不从第一个孩子开始呢？”马丁又点了几下头。

“当然没问题，大人。当然没问题。排头第一个，出列上前，向男爵行礼。”

贺拉斯犹豫了片刻，举步上前，立正站好。阿拉德男爵仔细地打量了他好一会儿。

“你叫什么名字？”他问。贺拉斯回了话，不过在阿拉德男爵的正确称谓上打了个磕巴。

“我叫贺拉斯·阿特曼，先生……大人。”

“你想去哪儿，贺拉斯？”阿拉德男爵的语气中带着一丝明知故问的意味。

“战斗学校，大人！”贺拉斯坚定地回答道。阿拉德男爵点了点头，正如他所料。他瞥了一眼罗德尼爵士，后者正若有所思地打量着面前的男孩，评估他的资质。

“战斗大师意下如何？”阿拉德男爵开口问道。他平常对罗德尼爵士都是直呼其名，而不是敬称他的头衔。不过，今天是个正式的场合。同样的，尽管罗德尼爵士通常以“先生”称呼男爵，今天却要敬称他为“大人”。

大块头骑士走上前来，他的铠甲和马刺在他走向贺拉斯的过程中叮当作响。他上下打量着面前的男孩，然后转到他身后。贺拉斯的头也随着他转来转去。

“站好。”罗德尼爵士说。贺拉斯立即停止了动作，目视前方，站得笔直。

“这个孩子身体很强壮，大人，而且我随时都愿意接纳新学员。”他摸了摸下巴，“贺拉斯·阿特曼，会骑马吗？”

贺拉斯意识到这可能是他进入战斗学校的障碍，脸上掠过一丝不安。“不，先生，我——”

他正准备辩解说抚养院的孩子几乎没有机会学习骑马，罗德尼爵士就打断了他。

“没关系。以后可以学。”大块头骑士朝阿拉德男爵点了点头，“他很不错，大人。我愿意接受他到战斗学校，完成为期三个月的见习。”

阿拉德男爵在面前的纸上记了几笔，然后朝眼前难掩兴奋、如释重负的年轻人微微一笑。

“恭喜你，贺拉斯。明早八点整，到战斗学校报到。”

“是，大人！”贺拉斯露出一个灿烂的笑容，然后转身对罗德尼爵士微微鞠了一躬，“谢谢您，先生！”

“先不必谢我。”罗德尼爵士意有所指地答道，“你还不知道前面有什么等着你呢。”

第3章

师徒配对

“下一个是谁？”在贺拉斯满面笑容地回到队列中后，马丁又喊道。艾莉丝优雅地走上前，这让马丁很不高兴，他还没准备叫她呢。

“我叫艾莉丝·梅因沃林，大人。”她的语气平和而镇定。不等阿拉德男爵发问，她又继续说道：“我申请去外交部，大人。”

阿拉德男爵朝这个神色庄重的姑娘笑了笑。她那种镇定自如的气势很适合去外交部。他瞥了一眼波琳女士。

“女士，意下如何？”他问道。

波琳女士点了点头：“我已经和艾莉丝谈过了，大人。我相信她会成为一名优秀的学徒。我同意接受她加入外交部。”

艾莉丝向即将成为她的导师的这位女士微微颔首。威尔心想，她们俩多么像啊，一样高挑，一样优雅，一样落落大方。他暗暗为这位儿时的伙伴感到高兴，他知道她真的很想进入外交部。艾莉丝回到队伍中，这回马丁可不能再让人抢了先，直接就指向了乔治。

“好了！你，下一个！下一个！向男爵问好。”

乔治走上前去，嘴巴一开一合，却半晌没有吐出一句话。其他孩子全都惊奇地看着这一幕。这位长久以来被所有人视为几乎是一切话题的“官方发言人”，居然怯场了。最终他还是低声说了几句话，但声音很小，房间里没一个人能听清。阿拉德男爵倾身向前，将一只手拢在耳边。

“对不起，你说什么？”他问道。乔治抬起头望着阿拉德男爵，几乎费尽全身的力气才以大家勉强能听到的声音说道：“乔……乔治·卡特，先生。书记学校，先生。”

马丁，这位繁文缛节的捍卫者，深吸了一口气，正准备严厉呵斥乔治竟敢不尊称阿拉德男爵为“大人”，但阿拉德男爵适时地插进话来，令所有人都松了一口气。

“没关系，马丁。别管了。”听到阿拉德男爵这么说，马丁面露委屈，但还是就此作罢。阿拉德男爵朝他的大书记官兼法律事务官奈哲尔投去一瞥，挑起一边的眉毛以示询问。

“我接受他作为学徒，大人。”奈哲尔说道，“我看过乔治的一些作品，他在书写方面很有天赋。”

阿拉德男爵看起来有些怀疑：“他的演讲能力可不怎么样，书记大师。如果将来需要他提供法律意见，这可是个大问题。”

奈哲尔对此毫不担心：“我向您保证，大人，只要经过恰当的训练，这不是问题。绝对没问题的，大人。”

书记大师将双手拢进那僧袍似的宽大垂袖中，娓娓道来：“实际上，我还记得，大约七年前，也有一个这样的孩子加入书记学校。他总是低着头嘟嘟囔囔，但我们很快教他改掉了这个毛病。一些最开始木讷的学徒最终也会成为口才极佳的演说家，大人，优秀的演说家。”

阿拉德男爵吸了口气，正打算说点儿什么，但奈哲尔继续说了下去。

“这么说也许您会感到惊讶，但我小时候也有一紧张就口吃的毛病，非常严重的口吃，大人，我几乎没法儿连贯地说出两个字。”

“我明白了，那确实不是问题。”阿拉德男爵干巴巴地接话道。奈哲尔微微一笑，他知道阿拉德男爵同意了。他朝阿拉德男爵行了个礼。

“没错，大人。我们很快就会帮小乔治克服他的羞赧。没有什么良药比书记学校的唇枪舌剑更有效。事实即是如此。”

阿拉德男爵不由得露出笑容。书记学校学术氛围浓厚，人们很少高声喧哗，然而一旦爆发争论，那么逻辑和理性永远都占上风。就阿拉德男爵个人而言，造访书记学校真是令人脑袋嗡嗡作响。除此之外，他想象不出书记学校还有什么别的模样。

“我想你是对的。”阿拉德男爵答道，然后转向乔治，“很好，乔治，我同意你的申请。明天到书记学校报到。”

乔治忸怩地动了动脚，嘴里嘟囔着：“呜呜……嗯嗯……”阿拉德男爵再一次皱着眉头俯身向前，试图听清他在低声嘟囔什么。

“你说什么？”阿拉德男爵问。

乔治终于抬起头，用极低的声音说道：“谢谢您，大人。”说完，他就慌忙退回到队伍中去了——扎在人堆里至少不那么显眼。

“哦，”阿拉德男爵有点儿惊讶，“不客气。那么下一个是——”

珍妮已经向前迈了一步。她是一个金发碧眼的漂亮姑娘，但不得不承认，她的身材过于丰满。不过没关系，对她而言，这副身材正算秾纤合度。在城堡的任何社交场合中，她都是男孩子们最心仪的舞伴，这些追求者中不仅有抚养院的同伴，也不乏城堡居民的儿子。

“丘博大师，先生！”说着，她径直走到阿拉德男爵书桌的正前方。阿拉德男爵望着她圆圆的脸蛋，看到那双碧蓝色的眼睛里闪烁着热切的企盼，不由得朝她笑起来。

“他怎么了？”他温和地问道。珍妮一愣，随即意识到自己由于太过激动而忘记了选拔的流程。

“啊！对不起，先生……不是……男大……爵人……”她结结巴巴地想要纠正，但舌头不听使唤，怎么都说不出那个正确的称谓。

“男爵大人！”马丁从旁提醒。阿拉德男爵看了他一眼，挑起眉毛。

“什么事，马丁？”他说，“你叫我？”

马丁面露尴尬。他知道他的主人是因为他随意插话而故意整一整他。他深吸了一口气，带着歉意的口吻说道：“我……我想告诉您，这个孩子名叫珍妮弗·多尔比，大人。”

阿拉德男爵朝他点了点头，忠诚的马丁从他这位胡须浓密的主人眼里看到了赞许。

“谢谢你，马丁。那么，珍妮弗·多尔比——”

“叫我珍妮就行，先生。”珍妮脱口而出，阿拉德男爵只好无奈地耸了耸肩。

“好吧，珍妮。你是想要申请当丘博大师的学徒，对吗？”

“是的，大人，没错！”珍妮兴奋地答道，仰慕地望着那位红头发的胖大厨。丘博大师皱着眉头，若有所思地打量着她。

“嗯……可以，可以。”他一边说，一边在她面前踱步思索。

她朝他露出一个撒娇的笑容，但丘博大师可不会被少女的把戏迷惑。

“我会努力工作的，先生。”她诚恳地表示。

“那当然！”他气冲冲地答道，“我会让你好好工作的，丫头。告诉你，我的厨房里可容不下懒蛋和闲人。”

珍妮担心这个大好机会溜走，便再次推销自己。

“我这身材就说明我是天生的厨师料子。”她说。看着她圆滚滚的身材，连丘博大师也不得不承认这一点。阿拉德男爵今早已经不知道第几次差点儿笑出声了。

“我认为她说得有点儿道理，丘博。”阿拉德男爵插嘴道。大厨转过身，表示同意。

“身材很重要，大人。几乎所有的大厨都是……圆滚滚的。”他又转回身去打量珍妮，依然未做决定。也许其他大师可以在眨眼间决定是否接受一名学徒，他想，但是厨师嘛，可不一样。

“你说说，”他对面露急切的姑娘说，“火鸡肉馅饼该怎么做？”

珍妮露出灿烂的笑容，快速答道：“吃掉。”

丘博大师用他随身携带的长柄木勺敲了敲珍妮的脑袋：“我问你要怎么做出一份火鸡肉馅饼！”珍妮稍作思考，开始滔滔不绝地讲述她要如何准备这份大餐。另外四个孩子、阿拉德男爵、技艺大师们，还有马丁，全都面带敬畏地听着，实际上根本听不懂她在说什么。丘博大师呢，一边听一边点头，只在她说到擀面皮的时候打断了她。

“你说要擀九次？”他语带好奇，而珍妮不容置疑地点点头。

“我妈妈总是这样说：‘八次面皮酥又脆，最后一次是妈妈的爱。’”她答道。丘博大师若有所思地点点头。

“有意思，有意思……”说着，他朝阿拉德男爵点点头，“我接受她作为我的学徒，大人。”

“真不容易。”阿拉德男爵温柔地说，又对珍妮补充道，“很好，明早到厨房报到，珍妮弗。”

“叫我珍妮就行，大人。”女孩再次纠正了他，她的笑容照亮了整间书房。

阿拉德男爵也笑了起来。他瞥了一眼孩子们：“那么还剩最后一个了。”他看了看手中的名单，抬起头来，对上威尔绝望的眼神，做了个鼓励他上前的手势。

威尔向前迈了一步，紧张的情绪使他一时口干舌燥，发出的声音几不可闻。

“威尔，大人，我叫威尔。”

第4章

无师可拜

“威尔？哪个威尔？”马丁一边翻动手中记录着孩子们资料的文件，一边恼火地发问。他当上阿拉德男爵的秘书才五年，对威尔的情况一无所知。他现在才发现记录威尔信息的那张纸上没有写他的姓氏，他以为这是自己的疏忽，不由得大为光火。

“你姓什么，孩子？”他的语气很严厉。威尔不知所措地望着他，恨不得此刻这一切统统消失。

“我……没有……”他支支吾吾地答道，所幸此时阿拉德男爵插话进来。

“威尔的情况有点儿特殊，马丁。”他平静地说道，以目光示意秘书别再纠缠此事。随后他又转向威尔，鼓励地笑了笑。

“威尔，你想申请去哪儿？”他问。

“我想去战斗学校，大人。”威尔故作平静地回答。男爵皱起了眉，这让威尔的心沉了下去。

“威尔，你想去战斗学校？你不觉得你……个子稍微矮了一点儿？”阿拉德男爵温和地问道。威尔咬住了嘴唇。他差点儿就能够说服自己，只要他足够渴望，只要他足够自信，他就会得到认可——尽管他的缺陷是那么明显。

“我还没‘抽条’呢，大人。”他绝望地挣扎，“每个人都这样说。”

阿拉德男爵打量着面前的男孩，用拇指和食指搓了搓胡须茂密的下巴。他瞥了一眼一旁的战斗大师。

“罗德尼，你怎么看？”他问。

大块头骑士走上前来，细细端详了威尔一会儿，然后缓缓地摇了摇头。

“恐怕他的个子太矮了，大人。”他说。威尔感到一只冰冷的手攫住了他的心脏。

“我比外表看上去更强壮，先生。”威尔恳求道。但是战斗大师不为所动。他看了阿拉德男爵一眼，很显然他也不愿面对这样的情况。但他还是摇了摇头。

“威尔，还有什么别的备选吗？”阿拉德男爵问道。他的声音很温柔，甚至带有一丝担忧。

威尔沉默了好一阵子。他从来没有考虑过其他备选。

“驯马学校，先生？”他试探着问道。

驯马学校训练和照料红山堡骑士们强壮的战马。威尔想，这至少与战斗学校有一点儿关联。但是，赶在阿拉德男爵开口询问之前，乌尔夫已经摇起了头。

“我是需要学徒，大人，”他说，“但这个孩子个头太小了。他无法控制骑士的战马。它们一看到他，就会把他踩在蹄下。”

现在，威尔望向阿拉德男爵的双眼已经笼上了一层模糊的水汽。他拼尽全力不让眼泪顺着脸颊滚落下来。如果他在被战斗学校拒绝后当着阿拉德男爵、所有技艺大师和所有同伴的面号啕大哭，那么这将成为他一生的耻辱。

“威尔，你有什么特长？”阿拉德男爵问道。威尔绞尽脑汁地思索。他不像艾莉丝那样擅长学习和语言。他写不出乔治那样整洁俊秀的书法。他缺乏珍妮对厨艺的热爱。

当然了，他也没有贺拉斯的肌肉和力量。

“我擅长攀爬，先生。”看到阿拉德男爵正在等回话，威尔最终答道。他很快意识到这句回答大错特错。丘博大厨正火冒三丈地瞪着他。

“会爬墙，没错。我还记得他有一次顺着排水管溜进厨房，偷走了窗台上晾着的一盘甜蛋糕！”

威尔惊呆了。这太不公平了，那都是两年前的事了！那时他还只是个孩子，所谓的偷窃也不过是恶作剧呀。他刚想辩解，书记大师也开口了。

“就在去年春天，他爬到了我们三楼的书房，趁着我们举行法律辩论的时候放走了两只兔子！破坏性极大！没错！”

“你是说兔子，书记大师？”阿拉德男爵问道，奈哲尔用力地点了点头。

“一公一母，大人，您明白我的意思吗？”他强调道，“破坏性极大！”

在威尔看不到的地方，面色严肃的波琳女士优雅地抬起手来掩住了嘴。她可能是在掩饰打哈欠。但当她把手放下时，上挑的唇角泄露出一丝笑意。

“好吧，”阿拉德男爵道，“我们都知道兔子是什么德行。”

“别忘了，大人，我刚刚说过，那可是春天。”奈哲尔一再强调，以免阿拉德男爵没能理解他的言外之意。波琳女士发出一声不太文雅的咳嗽，阿拉德男爵讶异地看了她一眼。

“书记大师，我们已经完全了解你的意思了。”阿拉德男爵说着，又转头注视着他面前这个无助的身影。威尔梗着脖子，强迫自己目视前方。在这个瞬间，阿拉德男爵对他感到深深的同情。阿拉德男爵看到男孩那双明亮的棕色眼眸里已经蓄满了泪水，只是由于意志坚强才强忍着没有流下。意志，阿拉德男爵心不在焉地想，和这个孩子的名字倒也般配[①]。他不希望这个孩子经历这些挫折，但这也是没办法的事。他暗暗叹了一口气。

“你们谁能接受这个孩子呢？”他问。

威尔不由得转过头，以恳求的目光逐一看向技艺大师们，心中祈求哪一位能够发发慈悲，将他收作学徒。然而他们一个个都默默地摇了摇头。

出人意料的是，游侠霍尔特突然出声，打破了房间里可怕的寂静。

“关于这个孩子，有些事情您或许应该知道，大人。”他说。威尔以前从未听霍尔特说过话。他的声音低沉而柔和，能让人听出一丝爱尔兰口音。

他上前一步，将一张对折的纸条交给阿拉德男爵。阿拉德男爵打开纸条看了看，皱起了眉。

“霍尔特，你确定？”他问。

“确定，大人。”

① 威尔的英文名字是 Will，也有“意志”之意。——译者注

阿拉德男爵将纸条仔细折好，又放回桌面上。他若有所思地用手指敲打着桌面，最后说道："今晚我会好好考虑一下。"

霍尔特点点头，又退回阿拉德男爵身后，仿佛消失在背景当中。威尔急切地望着他，想知道这位神秘人物到底给阿拉德男爵看了什么。和大多数人一样，威尔从小就对游侠避之唯恐不及。他们是那么诡秘，那么神出鬼没，有关他们的一切都笼罩在神秘和未知的迷雾当中，让人感到恐惧。

一想到霍尔特可能知道一些关于自己的事情，而这些事情又如此重要，重要到他必须在今天告诉阿拉德男爵，威尔就感到不太舒服。那张纸条就放在阿拉德男爵的书桌上，近在咫尺，却又遥不可及。

这时他意识到周围又有了动静，阿拉德男爵正在对房间里的其他人说话。

"恭喜你们今天如愿进入心仪的学校。今天对你们所有人来说都意义重大，接下来就尽情休息玩乐吧。今天厨房会在你们的住处安排一顿大餐，剩下的时间你们可以随意游览城堡和村庄。

"明天一早，请向你们的新导师报到。如果要我再给一个建议的话，那就是希望你们务必准时。"他冲另外四个孩子笑了笑，又转头看向威尔，声音里带着一丝同情，"威尔，关于你的去向，我明天再告诉你。"

他转向马丁，示意他将这群新学徒带出去。“大家都辛苦了。”说着，阿拉德男爵就从书桌后的侧门离开了房间。

技艺大师们也随着阿拉德男爵一同离开了。马丁将刚刚晋升为学徒的孩子们领出大门。他们正聊得火热，为自己获得了心仪导师的接纳而兴高采烈。

威尔落在了人群的最后，在经过书桌时停了下来。那张纸条正静静地躺在书桌上。他盯着纸条看了好一会儿，仿佛这样就能透过纸背看到里面所写的内容。这时，先前那种奇怪的感觉又回来了，他感到有人正看着自己。他抬起头，再次对上霍尔特那双眼睛。霍尔特仍然站在阿拉德男爵的高背椅后面，那身古怪的斗篷让他看起来隐身了。

威尔突然打了个寒战，快步离开了阿拉德男爵的书房。

第5章

夜探书房

午夜已经过去很久了。城堡的庭院中摇曳的火炬已经更换过一次，现在又将再一次燃尽。威尔已经在一旁耐心地观察了好几个小时，时机终于来了——在影影绰绰的火光中，守卫们昏昏欲睡，这是他们这一班岗的最后一个小时。

今天是威尔记事以来度过的最糟糕的一天。他的同伴们都在尽情庆祝、大快朵颐，在城堡和村庄里玩闹嬉戏，只有威尔偷偷溜到了城堡一英里外的一片静谧的树林里。在幽静凉爽的树林里，他整个下午都沉浸在选拔失败的痛苦回忆中，一边抚慰自己因失望而深深受伤的心灵，一边琢磨游侠的纸条上到底写了什么。

长日将尽，林间空地上的影子越来越长，威尔做出了一个决定。

他必须知道那张纸条上写了什么。今晚就要知道。

夜幕降临后，威尔刻意避开村民和城堡里的居民，偷偷回到了城堡，再次藏身于无花果树茂密的枝叶中。在路上，他还悄悄溜进厨房，拿了些面包、奶酪和苹果。夜晚一分一秒地过去，城堡里的居民也准备歇息了。威尔心不在焉地咀嚼着食物，尝不出什么滋味。

他仔细观察守卫们的移动轨迹，很快摸清了巡逻路线。除了守卫巡逻队，通往阿拉德男爵寓所的塔楼门口还站着一名值勤的中士。但那名中士身材臃肿，一副无精打采的样子，看上去不会对威尔有什么威胁。不过有也没关系，他也没打算走正门或楼梯。

多年来，威尔那永不满足的好奇心和到处乱钻的调皮劲儿使他练就了一身奇妙的本领，可以在开阔的地带行动自如而不被人发现。

每当夜风拂过树梢，枝叶就会在明亮的月光下落下一片晃动的树影，而威尔现在正要好好利用这片影子。他本能地让自己的动作配合着树梢晃动的节奏，轻松地融入庭院的树影中。他成了影子的一部分，影子也成了他最好的掩护。而且，在某种程度上，空旷的庭院反而使他更容易潜入。值勤的胖中士根本没料到有人胆敢穿过这片一览无余的空地。他不留心去看，自然看不到任何人。

威尔屏住呼吸，将身体紧紧贴在塔楼外墙粗糙的石壁上。胖中士距离他只有五码远，威尔甚至能听到他沉重的呼吸声，全凭墙上的一块凸起挡住了胖中士的视线。威尔研究了一下面前的石壁，他需要将头向后高高仰起才能望到塔顶。阿拉德男爵的办公室窗口离地面很远，而且在塔楼的另一面。若想爬到那扇窗那儿，威尔需要先爬上外墙，慢慢绕到塔楼的正面，越过胖中士值勤的门口，然后再径直爬到窗口。威尔紧张地舔了舔嘴唇。和光滑的内墙不同，塔楼外墙的巨石间有许多缝隙，这些都是他落脚和攀爬的借力点，爬上去不成问题。他知道某些地方的石头可能因为常年的风吹雨打而变得十分光滑，他会非常小心。他曾爬上过城堡的另外三座塔楼，因此爬上这座塔楼应该也不在话下。

只是这一次，如果他被逮到，那就不是能用恶作剧解释得清楚的了。毕竟，他这回是三更半夜企图潜入他无权进入的领域。阿拉德男爵在这座塔楼外设置守卫可不是闹着玩的，如果没有正事要办，一般的居民都应该远离这里。

他紧张地搓着手。他们还能拿他怎么办？他在选拔时已经受够了冷眼。没有人想要他。他注定要去过在田间耕种的日子了。还能有什么比这更糟呢？

但在威尔的内心深处，仍有一股挥之不去的疑虑：他真的注定要过那种日子吗？他仍心存一线微弱的希望。或许阿拉德男爵会大发慈悲。如果明天一大早他就去向男爵求情，告诉他自己父亲的故事，向他说明进入战斗学校对自己来说有多重要，或许会有那么一点儿微乎其微的希望，让阿拉德男爵同意他的祈求。只要他能进入战斗学校，他就会向所有人展现出自己的价值、热忱和渴望，直到他终于“抽条”，长高长大。

因此，如果他在接下来的几分钟里被人逮住了，那么，他就连那仅存的一点儿机会都没有了。他不知道自己被逮住后会得到怎样的处罚，反正去战斗学校肯定是没戏了。

威尔犹豫了，此时必须有人来推他一把。没想到，这个人竟然是胖中士。威尔听到他粗重的喘息，还有他整理装备时铆钉靴在石板地面上来回拖动的声音。威尔意识到胖中士要开始一次非常规路线的巡查。这意味着胖中士将比平常多走几码，绕到大门的两侧巡视一番，再回到他值勤的门口。尽管他这么做的目的只是保持警醒，但是威尔明白，如果自己再不采取行动，再过几秒，他们就要打照面了。

威尔迅速蹿上墙，短短几秒钟就爬了五六码。他像一只巨大的四脚蜘蛛，平平整整地紧附在粗糙的石壁上。正下方传来沉重的脚步声，威尔一动也不敢动，生怕弄出一丁点儿轻微的声响惊动了胖中士。

实际上，胖中士似乎听到了什么。他在威尔的脚下停了下来，向夜色中望去，似乎想要从月光下摇曳斑驳的树影中看出些什么。但是，正如威尔在前一天晚上所发现的那样，人们很少抬头向上看。胖中士谛听了半晌，没有发现什么可疑之处，便满意地继续绕到塔后去了。

这正是威尔行动的机会。他可以借此时机绕到塔楼的正面，也就是阿拉德男爵书房窗口的正下方。他手脚并用，越爬越高，速度之快几乎可以媲美常人走路的速度。

在爬到某个高度时，威尔朝下面看了一眼——这真是一个错误的决定。尽管他的脑袋清醒地知道自己身处高空，但当亲眼确认自己和坚硬的石板路距离这么远时，他还是感到了一阵轻微的眩晕。胖中士的身影又回到了他的视野中，但已经缩成了一个小点。威尔眨了眨眼，挥去眩晕的感觉，集中注意力继续向上爬，只是动作更缓慢、更小心了。

其间，也曾有过惊心动魄的时刻。一次，在他伸出右腿寻找新的落脚点时，左脚的靴子却在因风吹日晒而变得光滑的巨石上打滑了。幸好威尔反应快，他全凭两只手紧紧地抓住石壁，好不容易才又找到了另一个落脚点。然后，他稍作休息，又继续向上爬去。

当终于摸到阿拉德男爵书房那扇窗的石头窗台时，威尔大大地松了一口气。他抓紧窗台边缘，双脚用力一蹬，双手一撑便翻进了窗口，然后坐在窗沿上晃了晃腿，轻轻地落在了房间的地板上。

此时此刻，阿拉德男爵的办公室里自然空无一人，只有一轮凸月[①]透过大窗投下光芒。

决定威尔未来的那张纸条就静静地躺在男爵的书桌上。威尔紧张地环视四周。阿拉德男爵的高背椅如同一名守卫伫立在书桌后方，仅有的几件家具的轮廓在黑暗中若隐若现。墙上挂着一幅阿拉德男爵先祖的肖像画，他正以责备的目光居高临下地望着威尔。

威尔摇摇头，赶走脑中的一些胡思乱想。他迅速走到书桌前，软皮靴踏在裸露的地板上没有发出一点儿声响。现在，那张被明亮月光照着的纸条已经触手可及。打开它，看看里面说了什么，然后离开，他叮嘱自己。他要做的事就是这么简单。他伸出了手。

他碰到了那张纸条。

就在此时，另一只手不知从哪里冒了出来，一把抓住了他的手腕！

威尔失声惊叫起来。他的心跳到了嗓子眼儿。一抬头，他又看到了游侠霍尔特那双冷酷的眼睛。

他是从哪里冒出来的？威尔很确定刚刚房间里没有别人，而且，他也没听到开门的声音。这时，他才想起游侠的绝技就是藏身

① 凸月，天文学术语，指的是满月前后的月相。——编者注

于那件古怪的灰绿花斑斗篷里，天衣无缝地融入背景和阴影中，直到再也没人能发现。

霍尔特是怎么做到这一点的并不重要，重要的是，他在阿拉德男爵的办公室里将威尔抓了个现行。这意味着威尔最后的一丝希望也破灭了。

“我就知道你会来的。”霍尔特低声道。

威尔一言不发，他的心怦怦直跳，仍未从几分钟前受到的惊吓中恢复过来。他羞愧而绝望地低下了头。

“你还有什么要说的？”霍尔特问道。威尔摇了摇头，不愿意抬起头来面对那道深邃而锐利的目光。霍尔特接下来的话说中了威尔最害怕的事。

“那么，就看看阿拉德男爵对这件事有何看法吧。”

“不要，霍尔特！求你不要……”威尔说不下去了。他对今天所做的事没有任何借口，至少他应该像一个男子汉一样接受惩罚。像一个战士，像我的父亲，威尔想。

霍尔特端详了他一会儿。威尔似乎看到他的眼睛里有一闪而过的……赞赏？很快，那双眼睛又恢复了深邃的模样。

“什么事？”霍尔特惜字如金。威尔摇摇头。

“没事。”

霍尔特的手像铁箍一样牢牢抓住威尔的手腕，拉着他出了书房大门，踏着宽阔的旋转楼梯朝阿拉德男爵的起居室走去。楼梯顶层两侧侍立的守卫吃惊地看着面色阴沉的霍尔特和他身边的男孩。霍尔特使了个眼色，守卫便为他们拉开了男爵起居室的门，退到一边。

房间里灯火通明，威尔环顾四周，一瞬间有些迷惑。他记得当他潜伏在树上时，这一层的灯光确实已经熄灭了。然后他看到了厚厚的窗帘，一下子就明白了。相较于阿拉德男爵装潢简约整洁的办公室，这个房间显然要舒适得多，房间里随意陈设着靠椅、脚凳、地毯、挂毯和扶手椅。阿拉德男爵正坐在一张椅子上，手里拿着一叠报告。

霍尔特带着他的“俘虏”走了进来，阿拉德男爵从报告中抬起了头。

“看来真让你说对了。”阿拉德男爵道。霍尔特点了点头：“正如我所言，大人。他像树影一样穿过庭院，像空气一样躲过哨兵，像蜘蛛一样爬上塔楼。”

阿拉德男爵将手中的报告放在一旁的小几上，向前俯身。

“你是说，他是爬上来的？”他有些难以置信。

“不用绳子，不用梯子，大人。他爬上这里就像您早晨上马一样轻松——不如说，比您上马还轻松。”霍尔特的笑意一闪而过。

阿拉德男爵皱起了眉。他是有一点儿超重，以至于在熬夜工作之后，第二天上马可能会需要一些额外的帮助。霍尔特此时提起这茬儿，他可不觉得好笑。

“唉，”他严厉地看着威尔，“这可不是一件小事。”

威尔默不作声。他不知道是该表示同意还是该表示不同意，好像两种都不太对。他真希望霍尔特刚刚没有拿阿拉德男爵的体重打趣，把阿拉德男爵惹火了对他一点儿好处也没有。

“小威尔，我们该拿你怎么办呢？”阿拉德男爵继续说道。他从椅子上站起身，慢慢踱着步。威尔抬头望着他，试图揣测他的心情。那张胡须浓密的脸上没有露出半点儿端倪。阿拉德男爵停下脚步，若有所思地捋了捋胡子。

“告诉我，小威尔，”他背对着这个无助的男孩，说道，“如果你是我，你会怎么做？如果一个男孩三更半夜闯进你的办公室，企图偷走一份重要文件，你会怎么处置他？”

“我没有偷，大人！”威尔忍不住叫了出来。阿拉德男爵转过身来，挑起一边的眉毛，显然并不相信。威尔嗫嚅道：“我只是……只是想看看而已。”

“或许吧。”阿拉德男爵说着，眉毛依然高高挑起，“但你还没有回答我的问题。你会怎么做？”

威尔再次垂下了头。他可以乞求宽恕，他可以道歉，他可以为自己辩解。但是，随后，他挺起胸膛，做出了一个决定。他早就知道被逮住的后果，可他还是选择这样做了。现在，他没有权利乞求原谅。

“大人……”威尔迟疑地开了口。他知道这是决定自己命运的时刻。阿拉德男爵看着他，仍有半边身子侧对着窗口。

“说吧。”阿拉德男爵道。威尔不知怎的，突然鼓足了勇气。

“大人，我不知道如果我是您我该怎么做。我只知道我今天的行为没有任何借口，无论您决定如何处罚我，我都愿意接受。”

说着，威尔抬起头来直视着阿拉德男爵的眼睛。这时，他发现阿拉德男爵飞快地瞥了霍尔特一眼。奇怪的是，那一瞥中带有一丝可以说是赞许或者赞同的神色。然而这种神色转瞬就消失了。

“你有什么意见，霍尔特？”阿拉德男爵以一种审慎而不带感情色彩的语气问道。

威尔转而朝霍尔特望去。霍尔特的表情一如既往的严肃，斑白的胡须和一头短发让他显得凶神恶煞、不好相处。

“既然他如此渴望，也许我们应该让他看看那张纸条上写了什么，大人。”说着，他从袖口里抽出那张纸条。

阿拉德男爵露出一丝笑容。“好主意。”他说，“我想那正是对他最好的惩罚，是不是？”

威尔不明所以地看看阿拉德男爵，又看看霍尔特。他们的对话让他如堕五里雾中。阿拉德男爵似乎觉得自己刚刚讲了个很有趣的笑话，而霍尔特并不觉得好笑。

“您说是就是吧，大人。”他平静地答道。阿拉德男爵无趣地挥了挥手。

“开个玩笑，霍尔特！开个玩笑！把那张纸条给他看看。”

霍尔特穿过房间，将威尔千方百计想要拿到的那张纸条递给他。威尔接过纸条，他的手微微发颤。他的惩罚？阿拉德男爵怎么会在这一切发生之前就预料到他会受到惩罚？

他发现阿拉德男爵正满怀期待地看着他，而霍尔特和往常一样，仿佛一尊没有感情的石像。威尔打开那张纸条，上面是霍尔特写给阿拉德男爵的话：

这个威尔有成为游侠的潜力。

我愿意接受他作为我的学徒。

第6章

深夜对谈

威尔盯着纸条上的字，大脑中一片空白。

他先是松了一口气。这意味着他不用一辈子都在田里忙活了，而且，他也不会因为夜闯阿拉德男爵的书房而受到惩罚。随后，刚刚感觉到的轻松被一股突如其来的怀疑取代。除却那些迷信的传言，他对游侠一无所知。他对霍尔特也同样一无所知。他只知道当那个披着灰绿花斑斗篷的阴森身影出现在附近时，他总是无比紧张。

而现在，他将和那个身影一同度过人生接下来的所有时间。他不确定这是否是自己想要的。

他抬头望向面前的两个男人。阿拉德男爵满怀期待地微笑着，显然，他认定威尔会把这个决定看作一个好消息。霍尔特的脸则藏在斗篷兜帽的阴影中，看不分明。

阿拉德男爵的笑容变淡了。威尔对纸条上的内容的反应令他感到有些困惑，或者应该说，威尔根本没有对纸条上的内容做出什么明显的反应。

“那么，威尔，你怎么说？”阿拉德男爵以鼓励的口气问道。威尔深深吸了一口气。

“谢谢您，先生……大人。”威尔迟疑道。阿拉德男爵之前说纸条上写着给他的惩罚只是个玩笑，但如果……不是玩笑呢？也许成为霍尔特的学徒将是威尔选择的最严酷的惩罚。但阿拉德男爵显然不是这样想的，他似乎对整件事都很满意。威尔知道他并不是个恶毒的人。阿拉德男爵愉快地叹了口气，重新坐回椅子里。他抬头看了看霍尔特，做出一个送客的手势。

“霍尔特，让我和威尔单独谈谈好吗？我们还没私下聊过呢。”他说。霍尔特恭敬地鞠了一躬。

“当然，大人。”霍尔特的声音从斗篷下传了出来。他像往常一样悄无声息地从威尔身旁走过，一直穿过通向走廊的大门。门在他身后关上，几乎没有发出一点儿声响。威尔打了个寒战。多么不可思议！

“坐吧，威尔。”阿拉德男爵指了指自己对面一张较矮的椅子。威尔紧张地贴着椅子边儿坐下，仿佛随时准备弹起。阿拉德男爵注意到他僵硬的动作，叹了一口气。

“看起来，你并不满意我的决定。”阿拉德男爵的口气听起来很失望，这让威尔感到困惑。威尔从未想过像阿拉德男爵这样有权有势的人会关心自己这个小毛孩对他的决定的看法。威尔不知道该如何作答，只能沉默地坐着，直到阿拉德男爵再次开口。

“还是说，你比较喜欢干农活儿？”他问道。其实他也不相信面前这个活蹦乱跳、精力无穷的男孩会喜欢枯燥无味的农家生活，但也许他看错了。威尔立刻澄清了这一点。

“当然不，大人！”他连忙回答。阿拉德男爵摆出一个询问的手势。

“那么，你是希望我对你的所作所为严加惩罚？”

威尔张了张嘴，刚想说些什么，突然意识到自己接下来的话可能会冒犯阿拉德男爵，又停了下来。阿拉德男爵示意他继续说。

“只是……只是我不确定您是不是真的想以此来惩罚我，先生。”他说。随后，他看到阿拉德男爵因为这句话而皱起了眉头，连忙继续说道：“我……我对游侠一无所知，大人。而且人们都说……”

他没有说下去。阿拉德男爵看起来很器重霍尔特，而在阿拉德男爵面前指出普通人有多么畏惧游侠，甚至将他们看作会巫术的江湖术士，显然不太明智。他看到阿拉德男爵点了点头，露出恍然大悟的神情。

“我明白了。人们传说游侠是黑魔法师，是吗？”阿拉德男爵问道。威尔下意识地点了点头。“告诉我，威尔，你觉得霍尔特可怕吗？”

“不，大人！”威尔急忙答道。在阿拉德男爵的注视下，他才勉强补上了一句：“嗯……或许有一点儿。”

阿拉德男爵向后靠在椅背上，把手指搭在一起。

现在，他明白这个男孩为什么如此不情愿了，不由得暗暗责怪自己没有预料到这一点。和他对游侠的认识不同，威尔毕竟刚刚年满十五岁，对游侠的所有了解都来自迷信的城堡居民的口口相传。

“游侠确实非常神秘。”他说，“但没什么可怕的——除非你是我们王国的敌人。”

他看到面前的男孩正全神贯注地聆听他所说的每一个字，于是开玩笑地问道：“威尔，你不会是王国的敌人吧？”

“当然不是，大人！”威尔吓了一跳。阿拉德男爵又叹了一口气。他讨厌别人听不懂他的玩笑。不幸的是，作为这座城堡的主人，大多数人都会把他说的每一句话当真。

“好了，好了，”他安抚道，“我知道你不是。相信我，你会喜欢这个安排的——像你这样活泼好动的孩子，当一名游侠绝对如鱼得水。这是你的机会，威尔。”他停了下来，仔细观察威尔的表情，发现他还是一副茫然无措的样子。“你知道，很少有人能被游侠选中。这是个千载难逢的机会。”

威尔点了点头，但仍不怎么信服。他想，他应该为他去战斗学校的梦想最后尝试一次。不知为何，阿拉德男爵今晚的心情似乎非常好，尽管威尔刚刚闯进了他的办公室。

“可我想成为一名战士，大人。”他试探道，但阿拉德男爵当即摇了摇头。

“恐怕你在其他方面更有天赋。霍尔特第一次见到你时就知道了，所以他才希望你当他的学徒。”

“噢。”威尔再也没有别的话可说了。阿拉德男爵向他说了那么多，他理应感到放心，从某种程度上来说，他也确实放下了心。不过，前方还有太多的未知，他想。

“只是，霍尔特看上去总是那么沉闷。”他说。

“那当然，他肯定不像我这么幽默风趣。”阿拉德男爵附和道，随即看到威尔不解的目光，只能暗自咕哝了两句。

威尔不知道自己哪里冒犯了阿拉德男爵，他想还是尽快换个话题为妙。“但是……大人，游侠到底是做什么的呢？”他问。阿拉德男爵又一次摇了摇头。

“这就要霍尔特亲自告诉你了。游侠是一群古怪的家伙，不喜欢别人过多地谈论他们。现在，你该回房睡一觉了。明天一早六点，你就去霍尔特的小屋报到吧。”

“是，大人。”威尔说着，从那不舒服的椅子边儿上站了起来。他不知道自己是否会喜欢游侠学徒的生活，但目前看来，他已别无选择。他朝阿拉德男爵鞠了一躬，阿拉德男爵轻轻颔首还礼，然后他转身向门口走去。这时，阿拉德男爵的声音响了起来。

“威尔，这次走楼梯吧。”

“是，大人。”威尔肃然答道，然后不解地看到阿拉德男爵又一次无语地翻了翻眼皮，嘴里又在嘟嘟囔囔。这回他听到了几个词，好像是“玩笑”或是其他什么词。

威尔穿过大门，守卫依然侍立在侧，但霍尔特已经不在了。

至少看上去他已经不在这里了。关于霍尔特，谁也说不准。

第7章

学徒生活

离开生活了多年的城堡，这种感觉颇为奇特。威尔肩上搭着一小捆行李，在山脚下转过身，举目望向那高大的城墙。

红山堡居高临下地俯瞰着脚下的领土。这是一座建于山顶的三角形建筑，整体大致面朝西方，三角的每个点上都矗立着一座塔楼。在三角形的中心，由三道幕墙重重包围保护的就是城堡的中庭和主塔，这第四座塔楼比其他塔楼都要高，是男爵和他手下的高级官员的办公区和私人住宅区。城堡由铁矿石建造，这是一种坚硬的石料，在初升的朝阳或傍晚的夕阳照射下仿佛会从内部散发出红色的光芒，城堡也因此得名“红山堡”，红色山丘之意。

温斯利村位于山脚下塔布斯河的对岸，错落有致的农家房屋组成了这片令人愉悦的村落。这里有一家客栈和满足农庄日常生活所需的各类手工铺子，例如制桶铺、修造铺、锻冶场和挽具店。村庄四周留出了不小的空地，一方面为村民们提供了可以耕种的土地，另一方面也可以有效防止外敌的奇袭。在紧急情况下，村民会赶着家畜穿过横跨塔布斯河的木桥，抽掉身后的桥板，躲入城堡，由男爵派出的士兵和红山堡战斗学校的见习骑士们保护他们。

霍尔特的小屋距离城堡和村庄都有一段距离，坐落在树林边缘的林木下。当威尔走到木屋跟前时，太阳才刚刚爬上树梢。一股细细的炊烟从烟囱中袅袅升起，威尔心想，霍尔特应该已经起床了。他拾级而上，来到延伸至木屋一侧的走廊上，站了一会儿，然后深深地吸了一口气，用力地敲了敲门。

“进来。”里面传出声音。威尔打开门，走进小屋。

屋子不大，但看上去整洁舒适。威尔正站在兼作餐厅的客厅里，客厅的一头是一间小厨房，用一张松木长凳与客厅隔开。壁炉旁摆着几张舒适的椅子、一张干干净净的小儿，锅碗瓢盆全都擦得亮晶晶的。壁炉架上还摆着一瓶鲜艳的野花，清晨的阳光透过一扇大窗落下，令人心情愉悦。客厅还连接着另外两个房间。

霍尔特正坐在一张椅子上，双脚穿着靴子，搭在小儿上。

“至少准时到了。”他粗声粗气地说，“吃过早餐了吗？”

“吃过了，先生。”威尔出神地盯着面前的霍尔特。这还是威尔第一次看到霍尔特没穿灰绿花斑斗篷的样子。他穿着简单的棕灰色羊毛衣衫和看上去很柔软的皮靴。他的年纪比威尔想象的还要大。他的头发和胡须又短又黑，但其中夹杂着星星点点的灰白。头发和胡须都修剪得很粗糙，威尔怀疑那是霍尔特自己用猎刀修的。

霍尔特站起身来。威尔从来没有意识到他的身材竟然如此矮小。那件灰绿花斑斗篷掩盖了霍尔特的许多秘密。他身材消瘦，一点儿也不高挑。说实话，他比一般人都要矮得多，但他的身上蕴藏着一股力量和韧劲，因此令人生畏。

“看完了吗？”霍尔特突然开口。

威尔吓得差点儿跳起来。“是，先生！对不起，先生！”他慌忙说。

霍尔特哼了一声。他指了指威尔在进门时就已经注意到的一个小房间。

“那是你的房间。去把东西放好吧。”

霍尔特走到厨房的柴火炉旁，威尔则有些犹豫地踏入他示意的房间。房间很小，但正如小屋里的其他地方一样，它布置得干净舒适。房间里靠墙放着一张小床，此外还有一个衣柜和一张粗糙的桌子，桌上放着脸盆和水罐。威尔发现这里同样放了一瓶新采的野花，为房间增添了几许亮色。他把那一小捆衣物和其他行李放在床上，然后回到客厅。

霍尔特正背对着威尔在炉边忙碌。威尔不自然地咳了两声，试图提醒他自己回来了。霍尔特不为所动，继续搅拌架在炉子上的锅里的咖啡。

威尔又咳了一声。

“感冒了，孩子？”霍尔特头也不回地问道。

“呃……没有，先生。”

“那你咳什么？”霍尔特转过头，问道。

威尔犹豫了片刻。“先生，”他迟疑道，“我想问你……游侠究竟是做什么的？”

“游侠从不问没有意义的问题，孩子！”霍尔特说，“睁大眼睛，竖起耳朵，仔细看，认真听——如果不是闭着眼耳朵里塞着棉花，很快就能了解！”

“噢，”威尔说，“我明白了。”他根本不明白，因此，虽然他意识到此时也许不该提出更多的问题，但他还是忍不住有些倔强地重复了一遍：“我只是想知道游侠究竟是做什么的。”

霍尔特听出他语气中的不满，转过身来看着他，眼睛里闪烁着奇怪的光芒。

“好吧，看来我只能告诉你了。”他说，“游侠嘛，更准确地说，游侠的学徒，要做家务。”

威尔有一种不祥的预感，他感到自己犯了一个战术上的错误。“家务？”他重复道。霍尔特点点头，显然对自己的回答很满意。

“没错。你看看周围，”霍尔特顿了顿，用手指引着威尔环视了一圈小屋内部，“这里有仆人吗？”

“没有，先生。”威尔缓缓答道。

“也没有什么‘先生’！”霍尔特说，“这可不是什么仆佣成群的大城堡。这只是一座小破屋。我们要打水，要劈柴，要扫地，要整理地毯。你猜猜，孩子，这些事得谁来做呢？”

威尔绞尽脑汁，但实在想不出其他答案。他感到大脑中一片空白，只能沮丧地说：“先生，是我，对吗？”

“我想是的。”霍尔特说着，给出一长串指示，“桶在那里。水缸在门外，水在河里。斧头在劈柴的小屋里。柴火在房子后面。扫帚在门边。地板在哪儿，不用我说吧？”

“是，先生。”威尔一边说一边卷起袖子，然而当他走近那个装着当天用水的水缸时，他才发现里面足以装下满满二三十桶水。威尔叹了口气，看来这会是一个忙碌的上午。

威尔提着空桶向外走去，这时他听到霍尔特倒了一杯咖啡，悠闲地坐下，心满意足地说：

“我都差点儿忘了，多个学徒多有意思啊。”

威尔简直难以理解，为什么这样一间整洁的小小木屋竟然需要做这么多日常清扫和维护工作。他先是在水缸里装满了新鲜的河水（整整三十一桶），然后将堆在小屋后面的木头劈好，搭成整齐的一摞。随后他将小屋打扫了一遍。霍尔特吩咐他把客厅里的地毯拿出去清理一下，他只好将地毯卷起，扛到屋外，挂在两棵树之间的晾衣绳上狠狠地抽打，打得尘土飞扬。霍尔特时不时从窗口探出身子，给予一些口头上的鼓励，然后再说些“左边再用力点儿”“多使点儿劲，孩子”之类的话。

当威尔重新将地毯铺上后，霍尔特又发觉家里有几口锅刷得不够亮。

“我们得把这几口锅好好刷一刷。”霍尔特仿佛在自言自语。不过威尔现在已经明白了，这句话的意思其实是“你去把这几口锅好好刷一刷”。于是，威尔毫无选择地将几口锅搬到河边，装进半锅河水和细沙，直到将它们刷得闪闪发亮。

霍尔特此时已经在走廊上的一张帆布椅上坐下，手里捧着一沓厚厚的官方文件阅读了。威尔在忙里忙外时路过他那里几次，注意到有几份文件上盖着纹章和盾徽，而绝大部分文件的顶部只饰有简单的橡叶图案。

威尔从河边回来后，把锅拿给霍尔特检查。霍尔特对着黄铜厨具上歪歪扭扭的倒影扮了个鬼脸。

“嗯哼，不错，能把我的脸都照出来。”说着，他又面无笑容地补了一句，“或许这不是什么好事。”

威尔没有答话。如果换作其他人这么说，他可能会觉得对方是在开玩笑，但如果说话的人是霍尔特，那就难说了。霍尔特打量了他一会儿，微微耸了耸肩，示意他把锅放回厨房里。威尔刚准备踏进屋子，就听到背后传来霍尔特的声音：

“嗯哼，真奇怪。”

威尔以为霍尔特在和自己说话，便在门口停了下来。

“你说什么？”他问道。霍尔特每次给他派活儿时都是这样开头的，例如“奇怪，客厅的地毯怎么脏了？”或者“我真觉得炉子里该添柴了”。

威尔已经受够了霍尔特一整天都这么装模作样的，尽管后者似乎乐在其中。不过这次，霍尔特似乎是在阅读文件的过程中——威尔注意到，那份文件的顶部同样印着橡叶图案——情不自禁地发出了声音。霍尔特听到他答话，有点儿奇怪地抬起头。

“怎么了？”他问。

威尔耸耸肩：“对不起，你刚说‘真奇怪’，我还以为你在和我说话呢。”

霍尔特摇了摇头，依然皱着眉看着手里的文件。“不，不是，”他的声音里透着一丝烦躁，“我是在看这个……”他的声音低了下去，依然若有所思地紧锁眉头。威尔感到有些好奇，在一旁期待地等着。

“怎么了？”威尔最终还是出声问道。霍尔特那双漆黑的眼睛望了过来，威尔立即后悔了。霍尔特盯着他看了一两秒钟。

“你很好奇？”霍尔特开口道。看到威尔不安地点了点头，他又以一种出乎意料的温和口吻继续说：“对游侠的学徒来说，这倒是个不错的品质。不然，我也不会用男爵办公室里的那张纸条来考验你了。”

“你考验我？”威尔将沉重的黄铜水壶和锅具放在门边，“你已经猜到我会去偷看那张纸条了？”

霍尔特点了点头：“如果你没去，我反倒要失望了。况且我也想看看你究竟会怎么做。”随后，他举起一只手，拦住了威尔几乎脱口而出的一大串问题。“这个我们稍后再聊。”说着，霍尔特意味深长地看了一眼地上的水壶和锅具。威尔将它们重新捡起来，又一次转身进屋去了。但是他依然感到无比好奇，于是又转了回来。

“上面写了什么？”他冲文件扬了扬下巴。两人之间又是一阵寂静。霍尔特看着他，或许是在默默评估什么，随后说道：“诺索尔特勋爵死了，上个星期外出打猎时被一头熊咬死了。”

“诺索尔特勋爵？”威尔反问道。这个名字有点儿耳熟，但他一时想不起那是谁。

“国王军队的上一任最高统帅。”霍尔特说。威尔点点头，仿佛自己早就知道了。不过，既然霍尔特开恩回答他的问题，他就干脆壮着胆子说下去了。

“那有什么奇怪的？熊经常会咬死人。”

霍尔特点点头：“你说得没错。但我以为康顿领地在西边，不会有熊出没。何况诺索尔特勋爵是个老猎手了，不应该一个人去猎熊。”他耸了耸肩，似乎不打算继续想这个问题了，“话又说回来，天有不测风云，是人就难免会犯错。”他指了指厨房，表示对话已经结束了。“把锅放好后，清理一下壁炉。”他说。

威尔按照他的指示进厨房去了。但是几分钟后，当他路过一扇窗户走向几乎占据客厅一整面墙的巨大壁炉时，他看到霍尔特仍然若有所思地坐在那里，用文件轻轻地敲打着自己的下巴，思绪似乎已经飘到了很远很远的地方。

第8章

师徒对话

到了下午晚些时候，霍尔特终于没有什么可以支使威尔去做的了。他环视小屋一圈，看到了闪闪发亮的厨具、干干净净的壁炉、彻底清扫过的地板和一尘不染的地毯，壁炉旁整整齐齐地堆着木柴，厨房的炉子旁则放着一筐劈得更短一些的柴火。

“嗯哼，不错。”他说，“很不错。”

霍尔特慷慨的称赞令威尔满心愉悦，但还没高兴多久，他就听到霍尔特问：“会做饭吗，孩子？”

“先生，你是说做饭吗？”威尔迟疑道，他双眼望天，似乎在向某个看不见的神明求助。

“为什么现在的年轻人总喜欢用问句来回答问句？”霍尔特说。这回没有人答话。于是他继续说道：“是的，做饭，把食物做成能吃的饭菜。我想你应该知道什么是食物，什么是饭菜吧？”

“是……是。”威尔答道，尽量咽下了句尾差点儿扬起的疑问语调。

“我早上也说过了，这里可不是什么大城堡。如果想吃饭，我们就必须自己动手做。”霍尔特说。又来了，他又说了那个词，“我们”。威尔知道，每当霍尔特说“我们必须”的时候，正确的理解应该是“你必须”。

“我不会做饭。”威尔承认了。霍尔特双手一拍，又搓了搓。

“你当然不会做饭！大部分男孩子都不会。所以我现在要教你怎么做饭。过来。”

他领着威尔走进厨房，向他介绍烹饪的秘诀：剥开洋葱，剁碎，从装肉的箱子里取出一块牛肉，切成整齐的方块，然后切一点儿蔬菜，将牛肉丢进烧得滚烫的锅里，再加入大量的红酒和霍尔特所谓的“秘制调料”，最后架到炉子上，就会得到一锅热腾腾、香喷喷的炖菜了。

在等待牛肉炖好的这段时间里，两个人坐在傍晚凉爽的走廊上轻声交谈。

“游侠组织是在一百五十年前的赫伯特国王统治时期建立的。

你知道赫伯特国王吗？”霍尔特瞥向坐在他身旁的男孩，快速抛出了一个问题，等待他的回答。

威尔犹豫了。他依稀记得在抚养院的历史课上听过这个名字，但具体内容已经想不起来了。不过威尔决定无论如何都得糊弄一下，他可不想在新导师面前丢脸。

“呃……知道，”他说，“赫伯特国王，我们学过的。”

“是吗？”游侠用爽朗的声音说道，“那你说点儿他的事情来听听吧。”他向后一靠，舒舒服服地跷起了腿。

威尔绝望地搜索着自己的记忆，企图找到哪怕一点儿关于赫伯特国王的信息碎片。他做过什么事……到底是什么事？

“他——”威尔停顿了片刻，假装在整理思绪，“是个国王。”这一点他很确定，然后他瞟了霍尔特一眼，想知道是不是这样就可以了。霍尔特只是面露微笑，做了个“请继续”的手势。

“他是……一百五十年前的……国王。”威尔继续道，努力让自己听上去胸有成竹。霍尔特依然笑容可掬，示意他继续。

“嗯……我记得好像是他建立了游侠组织。”威尔抱着一线希望说道，而霍尔特挑起眉毛，装作大吃一惊的样子。

“是吗？你记的是这样吗？”他说道。威尔一瞬间惊恐地意识到霍尔特刚刚说的是“在赫伯特国王统治时期建立的”，也就是说，并非一定是他本人建立的。

“啊，嗯，我的意思是说，当游侠组织建立时，他是在位的国王。”他补充道。

“在一百五十年前？”霍尔特重复道。

威尔赶紧用力点头：“没错。”

“真了不起，这可不就是我刚刚告诉你的那些嘛。”霍尔特说着，眉毛像乌云般遮住了他的眼睛。威尔想，还不如刚刚不要回答。过了一会儿，霍尔特用一种温和的口气说：“孩子，如果以后你不知道，别想着蒙混过关，就承认‘我不知道’，明白吗？”

“明白了，先生。”威尔垂下眼睑答道。一阵沉默过后，他又开口了：“先生？”

“什么事？”

“赫伯特国王……我对他一无所知。”威尔坦白道。霍尔特轻轻哼了一声。

“唉，我怎么也想不到竟然有人对他一无所知。”他说，“但我想你应该听说过，他曾经把北方的部族赶回边境之外的高地。”

当然了，霍尔特一提到这个，威尔就想起来了。但他认为此时再说这个已经不合适了。赫伯特国王被称为“现代阿拉伦之父”，他领导了由五十个领地组成的强大联军，打败了北方的部族。威尔想，如果这时自己提到“现代阿拉伦之父”，霍尔特是不是会对自己有所改观……

“他也被称为‘现代阿拉伦之父’。”霍尔特继续说道，威尔意识到自己慢了一步，“他建立起五十个领地组成的联盟，那就是我们王国的雏形。”

“我现在能想起来一点儿了。”威尔接口道。他认为加上“一点儿”这个词不至于让自己显得太马后炮。霍尔特看着他，挑起一边的眉毛，接着说道：“当时，赫伯特国王认为，要保证王国的安全，必须建立一支情报队伍。”

“智囊团吗？”威尔不解道。

“不是智囊团，是情报队伍。当然，如果你的情报队伍同时也很聪明，那就再好不过了。情报指的是了解你的敌人或潜在敌人的动向，了解他们的计划，了解他们的想法。如果你能提前知道这些情况，就可以制定应对方案。这就是建立游侠组织的初衷——帮助王国掌握最新情况，成为王国的耳目。”

“你们要怎么做呢？”威尔已经被激起了兴趣。霍尔特注意到他语气中的变化，露出赞许的目光。

“我们睁大眼睛，竖起耳朵。我们巡视王国，甚至王国以外的地方。我们聆听、观察，然后汇报。”

威尔暗暗点头，思索着，随后开口问道：“这就是你们能够隐形的原因吗？”

霍尔特又一次感到赞许和愉悦，不过他很小心，没有在威尔面前表现出来。

“我们不会隐形，”他说，“尽管人们普遍这样认为。我们所做的只是让人们难以发现我们。这需要多年的学习和练习，但你已经具备一些基本的技巧了。”

威尔吃惊地抬起头：“我吗？”

“在你昨晚穿过城堡庭院时，你利用了被风吹动的树影，是不是？”

威尔点点头：“是的。”在此之前，他从未遇到过能够识破自己隐蔽移动技巧的人。霍尔特接着说下去：

“我们也奉行一样的行动原则：融入背景。利用背景来掩护我们，成为背景的一部分。”

“我明白了。”威尔缓缓道。

“重点是要让别人搞不明白。”霍尔特说道。有那么一会儿，威尔还以为他在说俏皮话。但是威尔抬起头时，却发现霍尔特仍然面无表情。

“总共有多少名游侠？”他问道。霍尔特和男爵都不止一次地提到过“游侠组织”，但威尔真正见过的游侠只有一个，那就是霍尔特。

“赫伯特国王按照领土的数量建立了五十人的游侠组织，一人负责一片领土。我就是负责红山堡的游侠。我的其他同伴则分布在全国另外四十九座城堡中。”

“除了搜集潜在敌人的情报，游侠也会捍卫法律。”霍尔特说道，“我们巡查各自负责的领土，确保人们遵守法律。”

“我本以为这应该是由阿拉德男爵负责的。”威尔插话道。霍尔特摇了摇头。

“男爵是法官。”他说，“如果发生争端，人们可以向男爵提出诉讼，由男爵裁决。游侠则负责执法，向人们推行法律。如果罪案已经发生，就由我们来搜集证据。我们尤其适合这一角色，因为人们往往意识不到我们就在身边。我们将调查谁是罪魁祸首。”

“然后呢？”威尔问。霍尔特轻轻耸了耸肩。

“有时我们向领地的男爵报告，由他下令拘捕罪犯并提出控告。有时，如果情况紧急，我们就……酌情处理。”

“如何处理？”威尔忍不住问道。霍尔特若有所思地盯了他良久。

“如果你只当了几个小时的学徒，那可能束手无策。”他答道，“但如果你已经当了二十年甚至更久的游侠，你自然知道答案。”

“噢。”威尔感到自己受到了训诫。霍尔特又继续往下说。

“在打仗时，我们就充当别动队——引导我方军队、侦察前方、转入敌人后方发动奇袭等等。”他低头望向面前的男孩，“那可比干农活儿有意思多了。”威尔点点头。也许游侠学徒的生活还是挺有盼头的。

“是什么样的敌人呢？”他问道。毕竟自他懂事起，阿拉伦王国境内一直都很太平。

“内部和外部的敌人都有。”霍尔特说，“比如斯堪狄亚海盗，又比如莫葛拉斯和他的兽人军队。”

威尔打了个寒战，他想起曾听说过的那些关于雨夜山丘领主莫葛拉斯的恐怖传说。看到威尔的反应，霍尔特严肃地点了点头。

“没错。”他说，“我们最担心的正是莫葛拉斯和他的兽人军队。因此游侠组织始终在留意他们，观察他们是否正在集结，是否准备发起战争。”

“不过，”威尔仿佛自我安慰似的说道，“上一次打仗的时候，他们被王国联军打得落荒而逃。”

“是这样的。”霍尔特表示同意，“但那只是因为王国联军提前得到了消息……”他没有把话说完，而是意味深长地看着威尔。

“是一名游侠做的吗？”威尔问道。

“答对了。正是这个游侠带来了口信，告诉大家莫葛拉斯的兽人军队正在路上……然后他带领一支骑兵秘密穿过浅滩，从侧翼包抄了敌军。”

“我们大获全胜。”威尔说。

“没错。但这一切都要归功于游侠的机警和技巧，以及对小路和密道的熟知。”

“我的父亲正是死于那场战斗。”威尔低落地说，霍尔特好奇地看了他一眼。

“是吗？”他问。

“他是一个英雄，一名伟大的骑士。”威尔继续说道。霍尔特顿了顿，似乎在考虑是否应该将一些话说出口。最终，他只是干巴巴地说：“我倒不知道这件事。”

威尔有些失望。就在刚刚，他感到霍尔特可能知道关于自己父亲的一些事，或许他可以给自己讲讲父亲的英雄事迹。威尔耸了耸肩。

“所以我才那么想去战斗学校，”他说，“为了追随父亲的脚步。”

“你的天赋在别处。”霍尔特说。威尔想起男爵前一天晚上也说过类似的话。

“先生……”他开口道。霍尔特点点头，示意他说下去。“我有些好奇……阿拉德男爵说，是你选择了我？”

霍尔特点点头，但没有说话。

“你们都说，我有一些天赋，适合做游侠的学徒……”

“没错。”霍尔特答道。

“那……是什么天赋呢？”

霍尔特向后一靠，将双手交叠在脑后。

“你很敏捷，这是游侠的特点。”他说，“还有我们之前说过的，你会潜行。这很重要。你的动作很快。还有，你的好奇心很强——”

“好奇心？什么意思？”威尔问道。霍尔特坚定地望着他。

“总是问问题，总是想知道答案。”他解释道，“这也是为什么我让男爵用那张纸条来考验你。”

“但是，你是什么时候注意到我的呢？我的意思是，你第一次决定要选我是在什么时候？”威尔真的很想知道。

“哦，”霍尔特答道，“大概是看到你去厨房偷丘博大师的蛋糕那次吧！”

威尔吃惊地张大了嘴。

“你看到我了？但那是好久以前的事了！”他仿佛突然想到了什么，“那个时候你人在哪儿？”

“厨房里啊。”霍尔特答道，“你进来的时候急匆匆的，根本没有注意到我。”

威尔惊奇地摇了摇头。他很确定当时厨房里没有人。不过他随即想到，当霍尔特披着那件灰绿花斑斗篷时，几乎是“隐形”的。他意识到，除了做饭和打扫，游侠学徒的功课还有很多。

“你的潜行技巧给我留下了很深的印象。”霍尔特说，“不过还有一件事令我印象更为深刻。”

“是什么？”威尔问。

“后来，丘博大师质问你时，我看到你犹豫了。你本来打算否认自己偷了蛋糕，但最后还是承认了。还记得吗？他用那柄木勺狠狠敲了你一顿。”

威尔咧嘴一笑，摸了摸头。他仿佛还能听到木勺“哐”的一声敲在脑门上的声音。

“我当时还不如撒个谎呢。”他坦白道。霍尔特却缓缓地摇了摇头。

“噢，不，威尔。如果当时你撒了谎，我将永远不会挑选你做我的学徒。”他站起来，伸了个懒腰，转身进屋去端炉子上的炖肉。

“开饭了。”他说。

第 9 章

刻苦训练

贺拉斯将背包扔在宿舍的地板上，瘫倒在床上，发出一声解脱的呻吟。

他感到身上的每一块肌肉都无比酸痛。他从来不知道人可以这么疼、这么累。他从来不知道人体居然有这么多块肌肉可以同时体验这种难忍的酸痛。他已经不是第一次怀疑自己是否能完成战斗学校的三年训练了。他成为学员还不到一个星期，身体就完全累垮了。

在申请战斗学校的时候，贺拉斯对这里只有一些模糊的想象，比如高大威武的骑士身穿闪闪发亮的铠甲英勇地进行战斗，而平民百姓则在一旁崇拜地望着他。他所想象的这群平民百姓里当然有不少漂亮姑娘，而他在抚养院的同伴珍妮就是当中最出众的一位。对他来说，战斗学校是一个充满魅力和冒险的地方，而战斗学校的学员自然是人人称羡的对象。

然而实际情况完全是另一回事。到目前为止，战斗学校的学员要做的就是每天黎明前起床，早餐前花一个小时进行严酷的体能训练，包括跑步、负重练习、排成十人或十人以上的队列一起将沉重的圆木举过头顶。在完成这一系列令人精疲力竭的早操训练后，他们可以回到自己的宿舍，简单地洗个澡——冷水澡——然后再将宿舍和淋浴区打扫得一尘不染。接下来就是十分严格的内务检查。负责检查的是狡黠的卡雷尔爵士，这名经验丰富的老骑士熟知整理内务的所有小把戏，从打扫宿舍、铺床到收拾装备，谁也糊弄不了他。如果同住一间宿舍的二十名男孩中有任何一人稍有敷衍，他就会将他们的所有装备掀翻在地，把铺好的床翻个底朝天，再把垃圾桶里的所有东西倒在地上，然后，所有人不得不在本该吃早餐的时间重新整理内务。

因此，在要过一次花样之后，所有新学员都被卡雷尔爵士治得服服帖帖，不敢造次。早餐没什么特别的，在贺拉斯看来，只能算非常简单。但如果错过了早餐，你将不得不度过一个极其漫长、极其难熬的上午，直到午餐时分。而按照战斗学校斯巴达式的作息安排，午餐时间只有二十分钟。

早餐之后是两个小时的军事史、战术理论等课程，随后学员们往往被要求完成一次障碍训练。这项训练旨在测试学员的速度、敏捷性、平衡感和力量。此外，完成障碍训练是有最低时间要求的。任何没能在五分钟内完成训练的学员都必须立即回到起点重新开始。几乎没有人能在不摔跤的情况下跑完全程。赛道上到处都是坑坑洞洞，里面灌满了各种叫不出名字但非常恶心的东西，贺拉斯根本不愿意去想那些东西是从哪儿来的。

障碍训练之后是午餐时间，但如果你在障碍训练中摔倒了，那么你必须在进入餐厅之前把自己冲洗干净——又是臭名昭著的冷水澡——这一来一去，至少占去了一半的用餐时间。因此，贺拉斯在进入战斗学校的第一周只留下了两个印象：浑身酸痛和饥肠辘辘。

午餐之后还有更多课程，然后是在一名高年级学员的监督下在城堡庭院里进行体能训练。放学前的最后一项是全班集结的队列训练，然后学员们有两个小时的自由活动时间来清洁和修整装备，并为第二天的课程做准备。

当然，还有这样一种情况：如果有人在一天的课程中违反了规定，或者令他们的导师或监督员感到不满，那么，全班同学都得背上装满石头的背包，沿着地图标注的路线，穿过周围的村庄，完成一趟将近十英里的长跑。毫无疑问，路线不会安排在平坦的大路或官道上。这意味着他们得跑过崎岖不平的地面，爬上山丘，渡过溪流，穿过丛生的灌木。路上处处都有密布的藤蔓和茂密的树丛试图勾住他们、绊倒他们。

贺拉斯刚刚完成一趟这样的长跑。今天早些时候，他的一名同学被老师逮住在战术课堂上给朋友传纸条。不幸的是，纸条里写的不是字，而是一幅嘲讽任课老师的长鼻子的漫画。不幸中的不幸是，传纸条的男孩显然颇有一些绘画技巧，把老师画得惟妙惟肖。

因此，贺拉斯和其他同学都被罚去负重越野跑了。

在同学们还在艰难地爬第一座小山时，贺拉斯感到自己已经渐渐地将他们抛下了。仅仅几天，战斗学校的艰苦训练就在贺拉斯身上显现出卓越的成效。他感到自己从来没有这么健壮过。更何况，贺拉斯本就具备一些体育天赋。尽管他自己还没意识到，但在其他人苦苦挣扎时，他依然能保持以平稳优雅的步调向前奔跑。随着他们越跑越远，贺拉斯发现自己已经遥遥领先于其他同学了。他坚定地迈开步子，昂首挺胸，用鼻子匀速地呼吸。到目前为止，他还没有太多机会结识自己的同学。当然了，这些年来，他在城堡或村庄里和大部分人都打过照面，但从小在抚养院里长大的孩子还是会与城堡和村庄中的普通居民有一层隔阂。抚养院的孩子会觉得自己和他们不一样，而这也正是那些父母双全的孩子对抚养院孩子的看法。

选拔是一项仅针对抚养院孩子的活动。贺拉斯是今年招收的二十名学员中唯一通过选拔进入战斗学校的，其他十九人走的都是正常途径，即父母的影响、上级的恩典以及老师的推荐。因此，他也成了大家眼中的稀罕人物。到目前为止，还没有哪个男孩主动伸出友谊之手，或者表露出想要了解他的意图。不过呢，他的脸上带着坚定而满足的笑意，心想，我比他们跑得都快。除他以外，别人都还没回到学校。他已经证明了自己，这种感觉好极了。

宿舍一头的大门砰地打开，铰链嘎嘎作响，有人穿着沉重的靴子踏着光秃秃的地板走了进来。贺拉斯撑着手肘坐起来，心中暗暗叫苦。

布林、阿尔达和杰罗姆三人从一排排摆放整齐的床铺的过道间走了过来。他们是二年级的学员，好像这辈子除了找贺拉斯的麻烦就没别的事情可干了。贺拉斯迅速从床上站起，但动作还是不够快。

“你躺在床上干什么？”阿尔达大吼道，“谁告诉你熄灯了？”

布林和杰罗姆闻言笑了起来。他们喜欢阿尔达戏谑的样子。他俩没有什么独创的想法，但会用身体的霸凌来弥补他们在语言创造力上的匮乏。

“二十个俯卧撑！”布林命令道，“现在做！”

贺拉斯犹豫了片刻。他的身材比三人中的任何一人都要高大，真要打起来，他觉得自己不怵任何人。不过他们毕竟是三个人，身后更有学校的传统给他们撑腰。据贺拉斯所知，二年级学员给一年级新生下马威是很正常的现象，他可以想象如果他去向学校告状，他的同学们一定会嗤之以鼻。谁也不会喜欢一个爱哭鬼，他一边趴到地上一边对自己说。但是布林已经察觉了他的片刻犹豫，或许也看到了他眼底一闪而过的不服。

“三十个俯卧撑！”他厉声喝道，“马上做！”

尽管全身的肌肉都在抗议，贺拉斯还是趴到了地板上，开始做俯卧撑。然而，当他试图撑起身体时，他感到一只脚用力踩住了他的腰。

“起来，宝宝！”说话的人换成了杰罗姆，“使点儿劲儿！”

贺拉斯勉强做了一个俯卧撑，而杰罗姆已经掌握了向他施加压力的技巧。他把力量控制在贺拉斯勉强能够撑起身子的力度，而当贺拉斯俯下身时，他就加重脚上的力道。这三十个俯卧撑注定将做得异常艰辛。在俯下身时，贺拉斯不得不用力对抗身上的压力，否则他就会被重重地压倒在地。他呻吟着做完了第一个俯卧撑，开始做第二个。

“别哭呀，宝宝！”阿尔达冲他喊道，然后走到了贺拉斯床前。

“你今早没铺床吗？”他大声问道。贺拉斯刚刚咬牙在杰罗姆的脚下又做了一个俯卧撑，只能咕哝着回答他。

“什么？啊？”阿尔达弯下腰，凑近他的脸，“你说什么，宝宝？大声说出来！”

“铺了……长官。”贺拉斯用力低声说道。阿尔达夸张地摇头。

“我看是没铺，长官！”说着，他站起身子，“这是床吗？这是猪圈！”

在刚刚贺拉斯起身下床的地方，床单很自然地起了几道褶皱，用不了一秒钟就能把它抚平。布林明白了阿尔达的意思，笑了起来。他走上前，一脚将床踹翻，床垫、毯子和枕头滚得一地都是。阿尔达加入进来，把毯子踢得老远。

“重新铺床！”他大喝道。这时，他的眼里闪过一道光，转身朝旁边的另一张床走去，如法炮制，把它也踢了个底朝天，床单和床垫散得一地都是。

“全部重新铺一遍！”他嚷嚷着，对自己这个新点子颇感满意。布林也加入进来，大笑着和他一起踢翻了二十张床，将毯子、枕头和垫子踢得到处都是。而贺拉斯还在咬紧牙关，拼命做那三十个俯卧撑。汗水流进了他的眼睛，传来阵阵刺痛，视线也变得模糊起来。

“不会哭了吧，宝宝？”他听到杰罗姆喊道，“回家找妈妈哭去吧！”

他脚下用力，狠狠将贺拉斯踩倒在地。

“宝宝没有妈妈。”阿尔达说，“宝宝是个孤儿。妈妈跟外面的水手跑啦。”

杰罗姆又一次弯下腰来。“真的吗，宝宝？”他阴阳怪气地说道，“妈妈抛下你跟野男人跑啦？”

“我妈妈已经死了。”贺拉斯怒目而视。他气得想要跳起来，但杰罗姆的脚狠狠地踩着他的后颈，将他的脸按在硬邦邦的地板上。贺拉斯放弃了抵抗。

“真可怜。”阿尔达说道，另外两个人附和地笑起来，“现在把这里整理干净，宝宝，不然咱们再来一次。”

贺拉斯精疲力竭地趴在地上。这三个高年级学员大摇大摆地从宿舍里走出去时，还踢翻了好几个床头柜，室友们的东西散落一地。贺拉斯闭上眼，咸咸的汗水又一次流进了他的眼睛里。

“我恨这个地方。”他的声音落在硬邦邦的地板上，发出沉闷的回响。

第10章

学用武器

“是时候教你使用武器了。”霍尔特说。

他们在太阳升起前用了早餐，之后，威尔就随着霍尔特来到了森林里。他们走了大约半个小时，其间，霍尔特一直在向威尔传授如何尽可能安静地从一片阴影下穿梭到另一片阴影下。在学习如何隐秘地移动这方面，威尔是个好学生，但要达到游侠的水平还需要多加学习。不过霍尔特对他的进步非常满意。这个男孩表现出浓厚的学习兴趣，尤其是在这样的野外实践课程中。

不过，在学习认读地图和绘图等比较沉闷的课程时，情况就不同了。威尔总是会跳过那些他认为不太重要的细节，直到霍尔特尖锐地出声提示：“想想看，如果你要为一支重骑兵队伍规划行动路线，却忘了告诉他们路上会经过一条小河——那时你就会知道这门课程的重要性了。”

他们在一片林间空地上停了下来，霍尔特将一直藏在斗篷下面的一个小包抛到地上。

威尔疑惑地打量着那个小包。当霍尔特提到“武器”时，他理所当然地想到的是宝剑、战斧和钉锤——这些是骑士们常用的武器。很显然，这个小包里不可能装着这些东西。

“什么武器？是剑吗？”威尔紧紧盯着那个小包。

“游侠最好的武器是潜行、静默和‘隐形’的能力。”霍尔特说，“但如果不幸被人发现，游侠也需要战斗。”

“意思是我们可以用剑？”威尔满怀希望地问。

霍尔特跪在地上，解开包裹。

“不。但我们可以用弓。”说着，他将包裹里的弓放到威尔脚边。

威尔的第一反应是失望。弓箭是人们用来打猎的，他想。人人都可以用弓，与其说它是一种武器，不如说是一种工具。他小时候就给自己做过一把弓，只要把一根有弹性的树枝弯成弓的形状就行了。看到霍尔特一言不发，威尔便仔细打量起这把弓来，然后发现它并不是弯曲的树枝这么简单。

威尔从未见过这样的弓。这把弓的整体线条和普通长弓差不多，都有一条长长的弧线，但与普通长弓不同的是，它的弓身两头朝着与弧线相反的方向弯曲。威尔和王国中的大多数人一样见惯了标准尺寸的长弓，这种长弓的制作方法是将一根较长的木头弯成首尾用弓弦相连的曲线，而眼前的这把弓则要短得多。

“这叫反曲弓。”霍尔特察觉到他的困惑，解释道，“你的力量还不足以驾驭一把长弓，这种弯折两次的曲线设计可以增加额外的速度和力量，同时减少拉弓所需的力气。这种弓的制作方法是我从塔木斤那里学来的。”

“塔木斤是谁？”威尔从那把奇怪的弓上收回目光，抬起头来。

“来自东方的勇士，”霍尔特说，“很可能是全世界最厉害的弓箭手。”

“你和他们打过仗？”

“我曾与他们为敌，也曾与他们并肩作战。”霍尔特说，“别光顾着问问题。”

威尔又低头看了看手里的弓。在习惯了它怪异的外形后，威尔可以看出这是一把制作精良的武器。它由几块不同的木头部件粘在一起，上面的木纹走向各异。由于木头的厚度不同，各个部件之间互相收紧的张力使得弓身上出现了两道曲线，形状优美。他想，或许这真的是一把武器。

“我能试试吗？”他问。

霍尔特点点头。“如果你觉得可以，就试试。”他说。

威尔很快从放在那把弓旁边的箭袋里抽出一支箭，搭在弦上。他用拇指和食指捏住箭尾，瞄准了二十码开外的一棵树。开弓，发射。

啪！

沉重的弓弦鞭子似的抽打在威尔手臂内侧的柔嫩皮肤上，他大叫一声将弓扔在地上，好像那是一块通红的烙铁。

被弓弦打到的地方已经高高地肿了起来，一阵阵地发疼。威尔不知道箭射到哪里去了，他也不在乎。

“好疼啊！”他向霍尔特埋怨道。

霍尔特耸耸肩。

“年轻人总是沉不住气。”他说，“下次就学乖了。”

他弯下腰，从小包里抽出一只硬皮做的长袖套。他把袖套戴在威尔的左上臂上，这样他就不会被弓弦抽到了。威尔懊恼地发现霍尔特也戴着同样的袖套。更令他懊恼的是，他早就见过霍尔特的袖套了，却从未想过他为什么会戴它。

“现在再试试。”霍尔特说。

威尔又抽出一支箭搭在弦上。当他再次拉开弓时，霍尔特制止了他。

“不是用拇指和食指捏住箭，”他说，“而是把箭搭在弦上的第二指和第三指之间……像这样。”

他向威尔演示了如何将箭栝——箭杆尾端的卡口——正确地搭在弦上并固定位置。然后，他又演示了如何将弦停在第一、二、三指的第一关节前，其中第一指位于箭栝上，其余的手指位于箭栝下。最后，他还演示了如何放开弓弦，把箭射出去。

“现在好多了。”在威尔把射出去的箭捡回来时，霍尔特说道，“试着用上背部的肌肉，而不仅仅是手臂。你要有意识地将肩胛骨夹紧……”

威尔按他所说的试了试，拉弓果然更容易些了。

他又射了一箭。这次，他还是没射中自己瞄准的那棵树。

“往后多加练习。”霍尔特说，“现在把弓放下吧。”

威尔小心翼翼地把弓放在地上。他很好奇霍尔特还会从那个小包里掏出什么来。

“这是游侠的刀。”霍尔特说。他将一对刀递给威尔，他的腰带左侧正挂着一对一模一样的刀。

威尔接过刀，仔细观察起来。两把刀是叠放在一起的，上面那把刀更短一些。它有一个厚实的握柄，握柄上缠着一圈圈的皮革。刀柄和刀刃间的横档是用黄铜做的，与刀柄尾端的黄铜圆头相呼应。

“把刀拔出来。”霍尔特道，“小心点儿。”

威尔从刀鞘里抽出那把短刀，看到了它异乎寻常的形状。靠近刀柄处的刀身较窄，锋利的边缘向外延伸，在刀身的四分之三处形成一个厚重的宽刃，将重量集中在顶部，然后以一个锐利的倒锥形构成锋利的刀尖。他好奇地望向霍尔特。

“这是一把飞刀。”霍尔特说道，“靠近刀尖的宽刃可以平衡刀柄的重量，在这两种重量的叠加作用下，你很容易就能把刀扎入目标。看好了。”

霍尔特灵巧而迅速地拔出自己腰间的短刀，轻轻一挥，短刀便旋转着飞向前方的一棵树。

“砰！”短刀深深扎进了树干中。威尔看着霍尔特，被他这一套行云流水般的动作折服。

“你怎么这么厉害？”他问。

霍尔特看了他一眼：“熟能生巧。”

他示意威尔看看第二把刀。

第二把刀长一些，刀柄上同样缠着一圈圈的皮革，横档短而结实。这把刀又重又直，刀刃薄如蝉翼，刀背则很厚实。

“这是用来对付近身敌人的。”霍尔特说，“当然，如果你是个好射手，敌人就永远无法靠近你。这把刀可以用来投掷，也可以用来格挡重剑的劈砍。它是由王国里最好的铁匠打造的。好好保养，保持它的锋利。”

“我会的。”威尔轻声答道，欣赏着手中的长刀。

“它有点儿像斯堪狄亚人的萨克斯刀。”霍尔特说。威尔对这个陌生的名词皱起了眉。

霍尔特继续解释道：“萨克斯刀既是武器也是工具，‘萨克斯’就是‘海斧’的意思[①]，只是随着人们口耳相传而叫混了。不过，要知道，”他补充道，“我们所产的钢铁质量可比斯堪狄亚产的钢铁强多了。”

威尔更为仔细地查看手中的刀，他注意到刀刃上泛着淡淡的青光，刀身具有完美的平衡性。配上那毫不起眼的皮革握柄和黄铜横档，这把刀看似平平无奇，但威尔意识到，这绝对是一把神兵利器，它远比红山堡骑士们的笨重宝剑要高级。

霍尔特教他如何将一对刀鞘系在腰带上，以便他可以随时自然地将手垂到刀柄上。“现在，”霍尔特说，“你要做的就是学习如何使用它们。你明白我的意思吧？”

威尔点点头，露齿一笑。

“明白，‘熟能生巧’。”他说。

---

① 萨克斯（saxe）即海斧（sea axe）的合音。——译者注

第11章

展露天赋

罗德尼爵士正倚在训练场周围的栏杆上，观摩战斗学校的新学员们进行武器操练。他若有所思地摸着下巴，来回扫视着那二十名新学员，但他的目光总是不由自主地落在其中一人身上，那是他在选拔日亲自挑选出来的学徒，高高大大、来自抚养院的孩子。他努力在脑海中搜索男孩的名字。

对了，贺拉斯。

今天的操练很正式。所有人都身穿铠甲，头戴铁盔，一手持盾，站在一人高的软木桩前。罗德尼爵士认为，如果不像真正的战斗一样全副披挂上阵，剑术训练就毫无意义。他认为，男孩们最好一早就习惯盔甲带来的行动限制和重量。

除了盾牌、头盔和铠甲，每个学员还手持一把军械师特制的训练用剑。训练用剑是用木头制成的，除了缠着皮革的剑柄和横档，和真正的佩剑并无相似之处。实际上，它充其量是风干的山核桃木棍子罢了。不过这种木剑和真正的细钢剑重量相仿，剑柄的重量和平衡性也与真正的宝剑相差不远。

最后，他们会用真正的剑来进行训练——当然，是没开刃的剑。要进展到那个阶段，至少还需要几个月的练习，到那时，资质不佳的学员都已经被淘汰了。在入学的前三个月里，会有至少三分之一的学员因为熬不住严苛的训练而退出，这是很正常的。一些学员会主动退出，而另一些学员则是被导师劝退，在少数情况下，也会由罗德尼爵士本人做出决定。战斗学校的训练很艰苦，标准也很严格。

校场上传来不绝于耳的咚咚声，那是木剑刺在被太阳晒得硬邦邦的厚皮垫假人身上的声音。在校场前方，训练教官卡雷尔爵士正大声呼喊口令，指导学员们完成这一套标准动作。

五名三年级学员在助理教官莫顿爵士的指示下穿梭于队列之间，察看新生们的动作是否标准，时不时纠正一下动作，调整一下出剑的角度，确保学员在挥剑时握紧手里的盾牌。

在午后炙热的阳光下反复练习这些动作实在枯燥乏味，却非常有必要。这些基本动作可能在未来的某一天决定他们的生死，他们应该将这些动作铭记在心，通过不断的练习将它们变成自己的本能。

正是这个想法使得罗德尼爵士注意到了贺拉斯。卡雷尔爵士正在按标准动作喊着口令，罗德尼爵士发现贺拉斯偶尔会在动作中加入一次额外的出剑，但依然跟得上口令的节奏。

卡雷尔爵士要开始喊下一套动作了，罗德尼爵士干脆趴在栏杆上，聚精会神地盯着贺拉斯。

“前刺！侧劈！反手侧劈！劈砍！”罗德尼爵士喊道，“反手劈砍！”

又出现了！在卡雷尔爵士喊“反手劈砍”时，贺拉斯按照口令做了一个反手劈砍，然后几乎是立刻接了一个反手侧劈，他依靠反手劈砍打在假人身上产生的弹力顺势完成了这个新加入的反手侧劈。这一记侧劈动如雷霆，在实战中势必会给对手造成致命的伤害。对方刚刚举盾挡下他的反手劈砍，定然无法及时回撤盾牌，而将身体暴露在这一记迅捷的侧劈之下。罗德尼爵士意识到，在过去的几分钟里，这名学员一直在标准动作中穿插这些额外的出剑动作。最开始他只是用眼角的余光瞄到贺拉斯的动作似乎和其他人不同，但那动作一闪而过，几乎没有人注意到。

“休息！”卡雷尔爵士喊道。现在，罗德尼爵士又注意到，大多数学员都是将剑放下，全身完全松懈下来，而贺拉斯仍然维持着警戒状态，剑尖略高于腰部，只是在原地稍微动动脚趾，以免失去运动的节律。

显然，有人也注意到了贺拉斯的小动作。莫顿爵士招呼一个高年级学员来到身边，对他说了些什么，又朝贺拉斯的方向指了指。而被指到的这名新学员此时仍专注地望着自己面前的木桩“敌人”，对场边的对话浑然不觉。直到高年级学员向他走来并出声叫他时，他才猛然惊觉地抬起头来。

“那边那个！就是你！十四号木桩。你知道你在干什么吗？”

贺拉斯面露困惑，还有一丝担心。没有哪个一年级新生会希望引起教官或助理教官的注意。他们都非常清楚战斗学校高达百分之三十的劝退率。

“什么，长官？”贺拉斯不明白对方的问题，焦急地问道。

高年级学员说道：“你没有按口令做动作。跟着卡雷尔爵士的口令，明白吗？”

罗德尼爵士在一旁仔细地观察着贺拉斯，确信他脸上流露出的是真实的困惑。这个身材高大的男孩动了动肩膀，有点儿像耸肩，但又不是。他现在以立正的姿势站好了，将剑停在右肩上，左手持盾，摆出一个接受检阅的姿势。

“长官？”贺拉斯迟疑地又一次问道。那名高年级学员现在有点儿生气了。显然，他并没有看到贺拉斯的小动作，而是单纯地认为这名新生刚刚在胡乱挥剑。他凑到贺拉斯身前，几乎把脸贴了上去，用一种相对于他们的距离而言过于刺耳的声音大声说道："卡雷尔爵士喊什么就做什么！跟着做！明白吗？"

"长官，我……我做了。"贺拉斯的脸涨得通红。他知道自己不该和教官争论，但他也确实按口令做了卡雷尔喊的每一个动作。

罗德尼爵士看到那名高年级学员有点儿心虚。他并未看到贺拉斯究竟做了什么，只能从气势上恫吓对方以掩盖自己的不确定。"噢，做了，是吗？那请你告诉我最后一套动作是什么。卡雷尔爵士喊的最后一套动作是什么？"

贺拉斯立即做出了回答："长官，是第五套动作，前刺、侧劈、反手侧劈、劈砍、反手劈砍。"

高年级学员有些拿不准了。他本以为贺拉斯刚刚肯定是走神了，所以才会瞎练一气。但是，就他的记忆来看，贺拉斯所说的正是最后一套动作的顺序，分毫不差——或者，至少他记得是这样。其实他自己也不是很确定，但他面前的这个新生非常确定，他回答时甚至没有半分犹豫。他意识到其他学员都在饶有兴趣地看着他们。这很自然。人人都喜欢看别人因为犯错而遭到斥责，这样，他们自身的缺点才能免于暴露于人前。

"怎么回事，保罗？"助理教官莫顿爵士问道，他对发生的骚动似乎不太满意。他只是让保罗过来训斥一下那个注意力不集中的学员，这应该是很简单的事，训两句就完了，结果现在全班都被惊动了。高年级学员保罗闻言立正站好。

“长官，这名学员说他按口令做完了动作。”他答道。他特意强调了那个“说”字，个中意味不言自明。贺拉斯本想开口辩解，思虑再三，还是决定闭紧嘴。

“等一等。”

保罗和莫顿爵士有点儿惊讶地抬起头，环顾四周。他们没有注意到罗德尼爵士已经走过来了。周围的学员纷纷有些紧张地立正迎接。战斗学校的所有人都对罗德尼爵士尊敬有加，新学员们更是如此。莫顿爵士并没有当即立正，但还是站直了身子，挺了挺胸膛。

贺拉斯难受地咬住嘴唇。他似乎已经预见到自己被战斗学校开除的命运。先是与那三个霸凌他的二年级学员不和，再是引起了高年级学员保罗和莫顿爵士的不满。而现在，连战斗大师也来了。更糟糕的是，他根本不知道自己做错了什么。他拼命回忆着，但他清楚地记得自己是按照口令来做的。

“贺拉斯学员，你还记得口令的顺序吗？”战斗大师问。

贺拉斯用力点点头，随后意识到这不是回答高级官员问话的恰当方式。于是他开口道：“记得，长官。是第五套动作，长官。”

罗德尼爵士注意到，这是贺拉斯第二次确认动作序列了。他敢打赌，贺拉斯的同学里没有一个人能说出他们刚刚做的是训练手册中的第几套动作，或许连那几个高年级学员也说不出来。莫顿爵士还想说什么，罗德尼爵士抬手制止了他。

“或许你愿意给我们再演示一遍。”他的声音很严厉，丝毫没有流露出他内心对这名新学员越来越浓厚的兴趣。他朝训练假人挥了挥手。

“做好准备。自己喊口令——开始！”

贺拉斯一边喊口令一边行动，流畅地完成了一整套击剑动作。

“前刺！侧劈！反手侧劈！劈砍！反手劈砍！”

按照口令的节奏，贺拉斯手中的剑结结实实地扎在假人身上。时机掌握得很好，动作也很完美。然而，罗德尼爵士注意到，这一次他没有额外的动作。那迅疾如闪电般的侧劈并没有出现。罗德尼爵士现在明白了，那是因为贺拉斯这次一心一意想要把动作做对，而之前多出的那一剑完全是他的本能。

卡雷尔爵士看到罗德尼爵士竟然亲自下场指导，不惜打断训练课程，便越过训练假人旁围着的学员踱了过来。他朝罗德尼爵士询问似的挑了挑眉。作为一名老资格的骑士，他在罗德尼爵士面前不必那么拘谨。战斗大师又一次抬了抬手。他不希望任何人在此时打断贺拉斯的注意力。但他很高兴卡雷尔爵士能够和他一起见证接下来一定会发生的事。

“再来一次。”他依然用严厉的口吻命令道。贺拉斯又演示了一遍。第二遍演示刚刚结束，罗德尼爵士的声音又像鞭子一样抽了下来：

“再来！”

于是贺拉斯又演示了一遍第五套动作。这一次，罗德尼爵士喝道：“第三套动作！”

“前刺！前刺！撤步！交叉格挡！举盾！侧劈！”贺拉斯一边做动作一边喊道。

现在，罗德尼爵士可以看到男孩脚下动作不停，仅靠前脚掌移动，他手中的剑像是闪动的蛇芯子，时而刺出，时而收回，时而灵活地摆动。跟随着自己的节奏，贺拉斯不知不觉地又喊了一遍口令，速度比教官所喊的还要快上半拍。

卡雷尔爵士和罗德尼爵士对视一眼，赞赏地点了点头。但罗德尼爵士并没有就此结束。贺拉斯还没能喘一口气，罗德尼爵士再次喊出“第五套”，贺拉斯只能立即照做。

“前刺！侧劈！反手侧劈！劈砍！反手劈砍！”

“反手劈砍！”罗德尼爵士立即发出指令，而贺拉斯几乎是下意识地挥出了那额外的致命一击。罗德尼爵士听到莫顿爵士和卡雷尔爵士发出极细微的诧异之声。他们终于明白眼前的场景是怎么回事了。高年级学员保罗或许也能够理解，但还没能那么快反应过来。在他看来，这名新学员只是按照战斗大师最后的指令挥出了一剑，当然，他做得很好，显然他知道该怎么用剑——但保罗所看到的也仅此而已了。

“休息！”罗德尼爵士说。贺拉斯将剑尖指地，手扶剑柄上的圆头，双脚分开站立，将剑柄的中心靠在他的皮带扣上。这是军姿中的稍息姿态。

“贺拉斯，”战斗大师平静地问道，“告诉我，最后一个反手侧劈是你自己加上去的吗？”

贺拉斯皱紧了眉头，片刻后恍然大悟。他本不确定，但战斗大师的问话让他想起好像确实有这么回事。

“呃……是，长官。我想是的。对不起，长官。我不是故意的。我……不知道怎么回事。”

罗德尼爵士飞快地扫了教官们一眼。他相信他们已经完全了解其中的重大意义了。他冲他们点了点头，意思是说我真不想这么干，不过——

“没关系。只是，接下来的训练要注意按照卡雷尔爵士的口令来做，好吗？”

贺拉斯挺胸立正：“是，长官。”他回答完又望向教官，补充道：“对不起，长官！”卡雷尔爵士挥挥手，表示不必再提。

“以后多注意点儿。”卡雷尔察觉到罗德尼爵士要离开了，便点点头，“谢谢，长官。我们继续？”

罗德尼爵士点点头表示同意：“继续吧，教官。”他正打算转身离开，似乎又想起了什么，回过身来，看似漫不经心地说道：“噢，说到这个，今晚放学后可以请你去我那里一趟吗？”

“当然，长官。”卡雷尔爵士同样轻松地随口答道。他知道罗德尼爵士是想和自己讨论这个新学员，但又不愿在贺拉斯面前表露出过多的兴趣。

罗德尼爵士朝战斗学校的办公区漫步而去，他的身后再次传来木剑刺在皮垫上发出的千篇一律的“咚、咚、咚咚咚”的声音。

第 12 章

塔格登场

霍尔特对着威尔射出的箭查看了一番，点了点头。

“相当不错。”他说，“进步很大。”

威尔不禁露出笑容。这种程度的夸奖从霍尔特嘴里说出来很了不得。霍尔特看到他喜不自胜的表情，立即又补了一句：“再多练练，多练练——或许你就能赶上平庸之辈的水平了。”

威尔不太明白“平庸之辈”是什么意思，但他觉得那不是个好词。他脸上的笑容消失了。霍尔特挥挥手，表示这个话题到此为止。

“现在射箭练得差不多了。走吧。”说着，他大步流星地踏上了森林里的一条小径。

“我们要去哪儿？”威尔问，为了追上霍尔特的步伐，他几乎小跑起来。

霍尔特抬头望了望天上的树枝。“为什么这个孩子总有这么多问题？”他问森林。

当然，森林没有回答。

他们在森林里走了一个小时，才来到森林深处的一小片建筑物前。

威尔有好多问题想问，但现在他已经知道霍尔特不会回答他的问题，所以只能克制自己提问的欲望，等待时机。他迟早会知道他们为什么要来这里。

霍尔特来到最大的一座破木屋前面，停了下来，然后示意威尔也停下来。

“你好，老鲍勃！”

威尔听到木屋里传出一阵响动，不久，一个满脸皱纹、弯腰驼背的身影出现在门口。他的一把胡子又长又乱，看上去灰扑扑的，头顶则几乎全秃。他朝他们俩走来，笑嘻嘻地冲霍尔特点点头，威尔则屏住了呼吸。老鲍勃闻起来像一座马厩，还是不太干净的那种。

“早上好，游侠！”老鲍勃说，“这位是谁呀？”

他用敏锐的目光打量着威尔。尽管他一副蓬头垢面的样子，但那双眼睛明亮而机警。

“这是威尔，我的新学徒。”霍尔特说，“威尔，这位是老鲍勃。”

“早上好，先生。”威尔礼貌地说。老鲍勃咯咯地笑起来。

“他叫我‘先生’！听听，游侠，‘先生’！他肯定能成为出色的游侠！”

威尔面带笑容地望着他。尽管老鲍勃看上去很邋遢，但他身上有些地方很讨人喜欢——可能是因为他一点儿也不害怕霍尔特。威尔还没见过谁用这样熟稔的语气和阴沉沉的游侠说话。霍尔特不耐烦地咕哝了一声。

“都准备好了？”他问。老鲍勃又一次咯咯地笑了起来，点了点头。

“都准备好了！”他说，“这边走，一起去看看。”

老鲍勃领着他们转到木屋背后，那里用栅栏隔出了一个小围场。围场的另一头是一个披屋，只有屋顶和柱子，没有墙。老鲍勃吹了一声口哨，那刺耳的声音把威尔吓了一跳。

“它们在那儿，看到了吗？”他指着披屋的方向说。

威尔举目望去，看到两匹马穿过围场朝老鲍勃奔来。等它们跑到跟前，他注意到其中一匹是成年马，另一匹则是小马驹。但两匹马都身量矮小，毛发蓬乱，和男爵及其麾下骑士所骑的皮毛光滑、强壮的战马完全不是一回事。

较大的那匹马立刻贴到了霍尔特身边。霍尔特拍拍它的脖颈，从栅栏旁的一个桶里拿出一个苹果递给它。那匹马开心地大嚼着苹果。霍尔特贴近它的耳朵，说了几句话。那匹马摇头晃脑地嘶鸣起来，好像从霍尔特那里听到了什么只有他们才懂的笑话。

那匹小马停在老鲍勃身边，他也递给它一个苹果，它嘎吱嘎吱地吃了起来。吃完苹果，它那双大而机灵的眼睛转向了威尔。

“这个小家伙叫塔格。”老头子说，“它看上去和你差不多大，是不是？”

他把缰绳递给威尔，威尔接过缰绳，凝视着小马。这是一个毛茸茸的小家伙。它的四肢短而结实，身体像一个桶。它的鬃毛和尾巴无人打理，显得乱糟糟的。总而言之，这是一匹平平无奇的马，威尔想。

威尔曾无数次梦见自己骑上战马行军打仗，那是一匹高大威武、强壮有力的黑马，鬃毛打理得一丝不苟，像披着一件乌黑发亮的铠甲。

小马似乎读到了他的想法，用头轻轻地撞了撞威尔的肩膀。

“我可能不够高大，”它那双大眼睛仿佛在说，“但我会让你大吃一惊的。”

“好了。”霍尔特说，“你觉得它怎么样？”他一边抚摸大马柔软的鼻子，一边问道。他们显然是老朋友了。威尔有些犹豫，他不想得罪任何人。

“它……个子好小。”他最后说道。

“你个子不小吗？”霍尔特反问道。威尔一时语塞。老鲍勃在一旁笑得喘不过气来。

“它不是一匹战马，对吗，孩子？”老鲍勃问。

“呃……它不是。”威尔有些尴尬地回答。他喜欢老鲍勃，他生怕自己对小马提出的任何批评都可能伤害到老鲍勃。但老鲍勃又一次笑了起来。

“但它能把那些珠光宝气的漂亮战马累垮！”他骄傲地说，“这个小家伙很强壮。在那些漂亮的战马累垮倒地之后，它还能马不停蹄地跑一整天。”

威尔看了看面前这匹毛茸茸的小马，心中颇为怀疑，但还是礼貌地答道：“我想是的。”

霍尔特靠在围场的栅栏上。

“我看你还是不明白。”他说，“你跑得很快。你把它松开，看看你能不能把它再抓回来。”

威尔听出霍尔特是在给他出题，于是他松开了手中的缰绳。小马似乎意识到这是某种考验，于是轻快地跑到了小围场的中央。

威尔从栅栏底下钻进围场，放轻脚步向小马走去。他邀请似的伸出手。“好孩子，”他说，“站着别动。”

他伸手去够小马身上的缰绳，但它突然转身跳开了。它左躲右闪，轻巧地绕到威尔身后，然后向后一跳，躲开了威尔的手。

威尔又试了一次。

小马又一次轻松地避开了他。威尔觉得有点儿难堪。他朝小马冲过去，小马向后急退，渐渐被逼到了一个拐角处。然而，就在威尔觉得这次一定能抓住它时，它又敏捷地跃到一边，跑掉了。

威尔生气了，开始追着它满场跑。小马兴奋地嘶叫着，轻松地躲避着他的抓捕。它看起来很喜欢这个游戏。

他们就这样跑了一阵。只要威尔一靠近，小马就会躲开然后跑掉。即使在这个小小的围场里，威尔也抓不住它。

威尔停下脚步。他意识到霍尔特正在认真地看着自己。他思索片刻。肯定还有别的办法。这样追着跑肯定是抓不到这匹轻盈、敏捷的小马的。肯定有别的什么办法……

他的目光落到了栅栏外边的那桶苹果上。他迅速钻过护栏，拿了一个苹果，然后气定神闲地走回围场，站在那里，伸出手。

“过来，好孩子。”他说。

塔格的耳朵立了起来。它喜欢苹果。它想，它也喜欢面前的这个男孩——和他一起玩真有意思。它开心地摇摇脑袋，跑到威尔面前，小心翼翼地衔起苹果。威尔抓住了缰绳，小马则开心地吃起了苹果。如果说马儿也会露出幸福的表情，那么就是塔格现在的样子。

威尔看到霍尔特赞许地点点头。

“倒是会动脑子。”霍尔特说。老鲍勃用手肘撞了撞穿着灰绿花斑斗篷的游侠的肋骨。

“是个聪明的好孩子！”他咯咯地笑道，“聪明！还讲礼貌！他肯定能和塔格愉快地相处，是不是？”

威尔拍了拍塔格毛茸茸的脖子和立起来的耳朵。他望着老鲍勃。

“为什么叫它‘塔格’？”他问。

塔格突然一个仰头，威尔感到自己的手臂差点儿被扯断。威尔踉跄了几步才重新站稳。空地上响起了老鲍勃豪放的笑声。[1]

“你猜猜！”他快活地说。

他的笑声仿佛会传染，威尔也忍不住笑了起来。霍尔特抬头看了看天光，太阳已经快要落到老鲍勃的这片空地和远处草地的后面去了。

“把它牵到披屋那边去，鲍勃会告诉你怎么给小马梳洗，怎么

① 塔格的英文是“Tug”，意为“用力地拉、拽”。——译者注

护理蹄铁。”他朝老鲍勃点点头，“方便的话，今晚我们留在这里，鲍勃。”

这位年迈的驯马师愉快地点点头。“我很高兴你们留下来，游侠。有时候我和马待在一起的时间太长了，甚至会感觉自己也是一匹马。”说着，他不知不觉地把手伸进桶里拿了个苹果，像几分钟前的塔格一样嘎吱嘎吱地嚼了起来。霍尔特望着他，挑起了一边的眉毛。

“看来我们来得正是时候。”他淡淡地说，“那么，明天一早，我们就看看威尔是否能骑上塔格，彻底驯服它。”他一边说一边想，今晚他的学徒可能要睡不好觉了。

他是对的。老鲍勃的小木屋只有两个房间。晚餐过后，霍尔特在壁炉旁的地板上躺下，威尔则睡在了谷仓温暖干净的稻草堆上，耳边传来两匹马轻柔的响鼻声。月亮升起又落下，威尔却几乎没合过眼，一想到第二天，他的心中就充满了兴奋和不安。他能骑上塔格吗？他以前从没骑过马，会不会一骑上去就摔下来？

他会受伤吗？更重要的是，他会丢脸吗？他喜欢老鲍勃，他可不想在老鲍勃面前丢脸。当然，他也不愿意在霍尔特面前丢脸。意识到这一点，威尔感到有些惊讶。他从什么时候开始这么在意霍尔特的看法了？想着想着，他终于睡着了。

第13章

剑术天才

“今天的情况你也看到了，有什么想法？”罗德尼爵士问道。卡雷尔爵士伸手拿起两人之间放着的啤酒罐，又给自己满上了一大杯。罗德尼爵士的住处装潢十分简单，考虑到他是战斗学校的校长，这副陈设甚至过于朴素了。不少领地的战斗大师仗着自己位高权重，生活十分奢华，但那不是罗德尼爵士的风格。他的房间里只有几样最简单的家具，一张兼作书桌的松木桌旁边围着六把直背的松木椅子。

当然，角落里也有壁炉。罗德尼爵士喜欢简单的生活方式，但这并不意味着他喜欢自找苦吃——红山堡的冬天可是很冷的。尽管现在是夏末，但在巨石垒成的城堡里还是能感到凉爽的快意。等到了冬天，点起炉火，这些厚重的石壁也能起到保暖的作用。其中一面墙上打出了一扇巨大的飘窗，在这里可以俯瞰训练学校的校场。正对着飘窗的是通往罗德尼爵士卧室的门，上面挂着厚厚的门帘，里面只有一张简单的行军床和一些木制家具。他的妻子安托瓦内特还在世时，家里还稍微有些装饰。自她几年前去世后，这里的风格就越发粗犷，只留下功能性的家具，多余的装饰影踪全无。

“我看到了。”卡雷尔爵士表示，“虽然我不太相信，但我确实看到了。”

“那是因为你只看到了一次。”罗德尼爵士说，“他在整个训练过程中都是那样做的——我相信一切都是天赋使然。”

“每一次都像我看到的那次一样快？”卡雷尔爵士问。罗德尼爵士用力地点了点头。

“甚至更快。他经常在常规动作里增加一个新的动作，但又能跟上口令。”罗德尼爵士顿了一顿，但还是将他俩心中共同的看法说了出来，“那个孩子是个剑术天才。”

卡雷尔爵士低下头，沉思起来。就他所看到的情景，他不准备反驳这个观点。战斗大师在训练课程中一直在观察那个孩子，他知道。但是，天才实在是太难得、太稀有了。他们生来就与众不同，他们的剑术将达到常人一辈子都无法企及的水平。对他们来说，挥剑不是技能，而是本能。

他们将成为绝顶的剑术大师。像罗德尼爵士和卡雷尔爵士这样经验丰富的战士也算是用剑的高手，但他们并不是天才，天才的剑术只会更上一层楼。对天才来说，手中的剑不仅仅是身体的延伸，更是意识的延伸。他们的剑似乎能与他们的心灵产生即时的共鸣，思绪甫动，剑便已出鞘。天才对时机、平衡和节奏的把握出奇敏锐。

为此，天才的导师也肩负着沉重的责任。天赋卓越的天才和能力必须通过持久不懈的耐心打磨和训练，才能玉琢成器，发挥出真正的潜力。

“你确定吗？”卡雷尔爵士最后问道。罗德尼爵士又点了点头，望向窗外。他的脑海里又浮现出那个男孩挥剑训练时的样子，以及那几次迅如闪电的出击。

“确定。”罗德尼爵士简单地答道，“我们得告诉华莱士，下个学期他就要有个新学生了。”

华莱士爵士是红山堡的剑术大师，他负责对卡雷尔爵士和其他教官教授的基本剑术进行最后的提升和打磨。如果遇到天赋异禀的学生，例如贺拉斯，也会交由他来单独指导，研习更高深的剑术。卡雷尔爵士噘起下唇，思考着罗德尼爵士提出的时间建议。

“为什么要到下个学期？”他说。现在距离下个学期还有三个月。“为什么不立即开始呢？依我所见，他已经完全掌握基础剑术了。”

但罗德尼爵士摇了摇头。“我们还没有真正考察过他的品性。”他说，“虽然他看起来是个好孩子，但谁说得准呢？如果他是那种离群孤僻的性格，我可不愿意让他学习华莱士的高级剑术。”

考虑到这一点，卡雷尔爵士也只能对战斗大师的提议表示赞同。如果贺拉斯出于任何其他原因被战斗学校开除，而他又已经开始学习高级剑术，那就太尴尬了——不仅尴尬，而且危险。那些被开除的学员往往会变得愤世嫉俗。

“还有一件事。”罗德尼爵士补充道，“今天的谈话保密——也叮嘱莫顿一句。我可不想让那个孩子提前听到风声。那只会让他变得骄傲自满，这对他来说很危险。”

“说得没错。”卡雷尔爵士表示同意。他两大口喝光了杯中的啤酒，然后将杯子放下，站起身来。“好了，我也该走了。回去还有报告要写呢。”

“谁不用写呢？”战斗大师深有同感地说道，两位老友交换了一个无奈的苦笑。“我从来不知道开办一所战斗学校竟然要处理这么多文件。”罗德尼爵士说，卡雷尔爵士则哼了一声。

“有时我觉得我们根本用不着做什么武器训练——只要把所有文件扔向敌人，就能把他们通通活埋。”

卡雷尔爵士随意地行了一个礼——用一根手指碰了碰前额——以他的资历，这样做也不算失礼。他转身朝门口走去，这时罗德尼爵士的声音从背后传来，他顿了一顿。

“当然了，还是要密切关注那个孩子。”他说，“但别让他发现。”

“明白。”卡雷尔爵士说，“我们可不想让他自认为与众不同。”

与此同时，贺拉斯当然不会觉得自己有何与众不同，至少绝不是在好的方面。实际上，他觉得自己真的是太容易招惹麻烦了。

校场上那奇怪的一幕已经沸沸扬扬地传开了。他的同学们不知道到底发生了什么事，但都认定贺拉斯不知怎的惹恼了战斗大师，很快就要遭到处罚。他们都知道第一学期的规矩：如果班里有人犯了事，那么整个班级都要一起受罚。因此，宿舍里的气氛可以说是降到了冰点。贺拉斯想办法离开了宿舍，打算躲到河边，避开同学们无言的责难和怪罪。不幸的是，他在路上撞见了有备而来的阿尔达、布林和杰罗姆。

这三名高年级学员自然也听到了关于校场事件的一些小道消息。他们认为，想必是贺拉斯剑术不精而受到了批评，于是决定好好地罚一罚他。

然而，他们也知道这种自作主张的行为不会得到战斗学校教官的认同。贺拉斯作为一名新生，根本不知道这种有组织的霸凌绝不是罗德尼爵士和其他教官所乐见的。贺拉斯以为这一切都是学校的惯例，他不知道有什么更好的应对方式，只能任由他们恣意欺辱自己。

因此，这几个二年级学员很轻松地就将贺拉斯押送到河边——反正他本来就是要去的，正好避开教官的视线。到了河边，他们把贺拉斯赶下河，逼他在齐膝深的河水里立正站好。

“宝宝没有好好练习剑术哦。”阿尔达说。

布林在旁边和他一唱一和：“宝宝惹战斗大师生气了。宝宝不该待在战斗学校。剑可不是宝宝的玩具。”

“宝宝就该扔石头玩儿。”杰罗姆结束了这讥讽三重唱，“去捡块石头，宝宝。”

贺拉斯犹豫片刻，环顾四周。河床上到处都是石头，他弯下腰捡起一块。在弯腰时，他的袖子和上半截外套都湿透了。

“不是让你捡块那么小的石头。”阿尔达露出不怀好意的笑容，“宝宝身材这么高大，去捡块大石头来。”

“一块巨大的石头。”布林补充道，用手比画了一下石头的大小。贺拉斯低头看了看，清澈的河水里躺着几块较大的石头。他弯下腰拾起其中的一块，很快意识到自己犯了一个大错。他弯腰拾起石头时，并不觉得有多重；但在将它拿出水面时，它的重量令他忍不住发出一声呻吟。

“让我们瞧瞧，宝宝。”杰罗姆说，“把它举起来。”

贺拉斯努力站稳，湍急的河水令他难以在保持平衡的同时举起沉重的石头，但他还是勉力将它举到胸口，好让这三个恶棍看清楚。

“继续往上，宝宝。”阿尔达命令道，“举过头顶。”

贺拉斯痛苦地按照他所说的做。他手中的石头每一分每一秒都在变得愈发沉重，但他还是将它高举过头顶，三个男孩这才感到满意。

“好极了，宝宝。”杰罗姆说。贺拉斯松了口气，慢慢将石头放下来。

“你在做什么？”杰罗姆生气地质问道，“你没听到我说‘好极了’？你就托着石头站着。”

贺拉斯挣扎着再次将石头举过头顶，连手臂都伸直了。阿尔达、布林和杰罗姆满意地点点头。

“你就在这儿待着吧。”阿尔达说，“自己数到五百，然后就可以回宿舍了。”

“开始数吧。”布林命令道。这个高明的主意令他忍不住发笑。“一、二、三……”贺拉斯数道，但三个人几乎是同时开口制止了他。

“别数那么快，宝宝！慢慢来，一个一个数。重新开始。”

“一……二……三……”贺拉斯慢慢数道。三个人这才又满意地点点头。

“这还差不多。现在，慢慢数到五百，然后你才可以走。”阿尔达说。

“别指望蒙混过关，你骗不了我们。”杰罗姆出言威胁道，“然后你就得回到这里来，重新数到一千。”

三个人说说笑笑地回宿舍去了。贺拉斯仍然站在河床中央，擎着巨石的手臂微微颤抖，沮丧和屈辱的泪水涌了出来。其间，他还因为失去平衡而摔倒在河里。等他再次站起来时，浑身湿透的衣服让他更加难以将石头举起，但他仍然咬牙坚持。他不确定那三个人是不是还藏在暗处监视着他；如果他们还在，他就会因为不服从命令而受到更大的惩罚。

如果这就是战斗学校的惯例，那他也只能这么受着了，他想。但他在心里暗暗发誓，只要有机会，他会让这些人为他今天所受的羞辱付出代价。

直到夜深之后，衣衫湿透、手臂酸疼、带着满腔愤恨的贺拉斯才蹑手蹑脚地回到宿舍。他没赶上晚餐，但他不在乎。他痛苦得吃不下饭。

第14章

学习驭马

“带它走一圈。”霍尔特说。

威尔回头看了看毛茸茸的小马，它也正以一双睿智的大眼睛望着他。

“来吧，好孩子。”说着，他拉了拉缰绳。然而塔格立即绷紧前腿，一动也不肯动。威尔手上用力，但直到他整个身子向后倒去，也无法拉动这匹倔强的小马。

老鲍勃咯咯一笑。“它比你力气大！”他说。

威尔感到自己的耳朵羞得通红。他再次用力。塔格的耳朵抽了抽，依然拒绝移动。拉动它简直像搬动一座房子一样费劲。

“别盯着它。”霍尔特柔声说道，“牵着缰绳往前走，它会跟着你的。”

威尔按照霍尔特说的做。他转过身，牢牢地握住缰绳，然后迈步走开。塔格果然迈着轻快的步伐跟在他身后。威尔望向霍尔特，咧嘴一笑。霍尔特冲围场另一端的栅栏一扬下巴，威尔看到栏杆上放着一个小马鞍。

“给它套上马鞍。”霍尔特说。

塔格温顺地跟着威尔来到栅栏旁边。威尔把缰绳缠在栅栏上，然后将马鞍放到小马的背上，又弯下腰把马鞍系好。

“系紧些！”老鲍勃说。

最后，马鞍终于牢牢地套在了小马的背上。威尔急切地望着霍尔特。“我现在可以骑上去了吗？”他问。

霍尔特若有所思地捋了捋自己参差不齐的胡须，最后说道：“如果你觉得可以，就试试。”

威尔犹豫了。这句话好像在哪里听过。不过急切的心情还是盖过了谨慎，他一脚踩上马镫，敏捷地跃上马背。然而，塔格伫立在原地，一动不动。

“走！”威尔说道，双脚一夹马肚。

什么事也没有发生。片刻之后，威尔感到塔格的身躯微微一动。

突然，塔格弓起结实的背，四蹄离地，跃向空中。它猛地一甩身子，前蹄落地，后蹄高高向上一撅。威尔直接从它的耳朵旁掠过，摔了一个跟头。他一边揉着腰一边慢慢爬起来。

塔格站在他身边，立起耳朵，盯着他瞧。

那双眼睛仿佛在说："为什么要做这种蠢事？"

老鲍勃整个人趴在栅栏上，笑得上气不接下气。威尔看着霍尔特。

"我做错了什么？"他问。霍尔特弯腰从栅栏下钻进围场，走到塔格身旁。塔格满怀期待地看着面前的两个人。霍尔特把缰绳交还给威尔，然后将一只手搭在他的肩膀上。

"如果这是一匹普通的马，你什么也没做错。"他说，"不过，塔格是作为游侠的坐骑来训练的……"

"那有什么区别？"威尔生气地打断他。霍尔特举起一只手示意他安静。

"区别在于，你在第一次骑上游侠的坐骑时，必须征得它的同意。"霍尔特说，"这些经过训练的马绝不会被偷走。"

威尔挠了挠头。"我从来没听说过有这种事！"他说。

老鲍勃面带笑意地走了过来。"确实没几个人听说过。"他说，"所以游侠的马才不会被偷走。"

"那，"威尔问，"在骑上游侠的坐骑之前，该说些什么呢？"

霍尔特耸了耸肩。

“每匹马都不一样，它们都只对特定的句子有反应。”他指了指较大的那匹马，“比如我的这匹马，你要对它说‘Permettez moi’。”

“Permettez moi？”威尔重复道，“这是哪国话？”

“是高卢语，翻译过来就是‘恕我冒昧’。它的父母都是从高卢来的。”霍尔特解释道。随即他又转向老鲍勃：“鲍勃，应该对塔格说什么？”

老鲍勃眯起眼睛，假装不记得了，随后又露出恍然大悟的表情。

“噢，想起来了！”他说，“骑上这个小家伙前，要先对它说‘你不介意吧？’”

“你不介意吧？”威尔说道。老鲍勃摇摇头，“小朋友，不是对我说，去对着马耳朵说！”威尔感觉自己像个傻瓜，而且他也不确定他们俩是否在拿他取乐，但他还是凑到塔格身边，轻声问道：“你不介意吧？”

塔格轻轻嘶叫了一声。威尔疑惑地看着其他两个人，老鲍勃鼓励地点点头。

“好了！上去吧！小塔格现在不会把你甩下来了。”

威尔小心翼翼地再次骑到塔格毛茸茸的背上。他的腰还在隐隐作痛。他坐在马背上歇了一会儿，什么也没有发生。然后他轻轻一夹塔格的肚子。

“走吧，好孩子。”他低声说道。

塔格的耳朵抽动了一下，然后轻松地迈开了步子。

小心起见，威尔先让它在围场里慢慢绕了一两圈，这才再次用双脚轻轻一夹。塔格立刻小跑起来。威尔很快就适应了骑马的节奏，霍尔特在一旁投以赞许的目光。这个孩子很有骑马的天赋。

随后，霍尔特松开围场入口的系绳，敞开大门。

“带它出去转转，威尔。”他喊道，“你也见识见识它的本事！”

威尔闻言掉转马头，等他们来到场外的空地上时，他又轻轻一夹双脚。他感到身下这匹结实的小马立即绷紧了身子，疾驰起来。

风从威尔的耳朵旁呼啸而过，威尔俯下身子趴在小马的脖子上鼓励它，以便它跑得更快。塔格竖起耳朵，仿佛明白了他的意思，又加快了速度。

它就像一阵风，驮着男孩奔向森林，四条短腿因为迅捷的动作而化作一片模糊的残影。威尔不知道塔格接下来会做出什么样的举动，于是他把缰绳向左轻轻一拉。

塔格立即向左急转，避开了森林。威尔始终轻轻牵拉缰绳，直到塔格掉转马头向围场奔去。这时，威尔才注意到他们已经跑出了这么远，惊讶得倒抽了一口气。霍尔特和老鲍勃现在成了天边的两个小点。但是当塔格再次风驰电掣般地奔过草场时，他们俩又迅速地变大了。

一根倒下的圆木隐隐约约出现在前方，威尔还没来得及做出反应，塔格已经绷紧身体，稳稳地越过了障碍。威尔兴奋地大叫了一声，塔格则以一声短嘶作为回应。

他们快要回到围场了，威尔用双手轻轻地、持续地拉住缰绳，塔格立即放慢了速度，先是慢跑，再是小跑，最后回到了步行的速度。他让塔格停在霍尔特身边。塔格晃了晃毛茸茸的小脑袋，又一次嘶叫起来。威尔倾下身子，拍拍它的脖子。

“它太棒了！”他上气不接下气地说，“像风一样快！”

霍尔特严肃地点点头。“也许不像风一样快，”他说，“但毫无疑问确实很快。”他转头望向老鲍勃，“你把它养得很好，鲍勃。”

老鲍勃赞同地低下头，也凑过去摸了摸塔格毛茸茸的脑袋。他这一辈子都在为游侠组织喂养、训练和准备马匹，塔格属于最好的那一批。

“它可以像那样跑一整天。”他疼爱地说，“这个小家伙能把那群战马都累垮。你骑得也很不错，是不是，游侠？”

霍尔特捋了捋胡子。“一般般吧。”他说。

老鲍勃气得大叫起来：“一般般？你可真够严格的，游侠！这个年轻人跳上马时轻得像一片羽毛！”老头子抬头看了看坐在马上的威尔，赞许地点点头，“可不像有些人，拉锯子似的乱拉缰绳，结果给马狠狠咬一口。”

听到老驯马师的夸奖，威尔开心地笑起来。他偷偷瞥了霍尔特一眼，但霍尔特还是像往常一样不苟言笑。

他真的是从来都不笑，威尔想。威尔正准备下马，又突然停下了动作，好像想到了什么似的。

“在下来之前，我还需要和它说什么吗？”

老鲍勃大笑起来：“不用了，年轻人。只要你说过一次，小塔格就会永远记得——只要它还是你的坐骑。”威尔这才松了一口气，爬下马。他站在塔格身边，塔格亲昵地用脑袋顶了顶他。威尔看了看一旁装着苹果的桶。

“我能再给它一个吗？”他问。

霍尔特点点头。“就一个。”他说，“但不能给它养成习惯。如果你总是喂那么多，它胖起来可就跑不快了。”

塔格大声地打了个响鼻。看来，在一天该吃几个苹果的问题上，它与霍尔特意见不一。

接下来的时间里，威尔从老鲍勃那里学到了一些骑马的诀窍，学习了如何维护、保养塔格的马鞍和马具，以及照顾塔格需要留意的细节。

他一遍遍地刷洗塔格粗糙的皮毛，直到刷得发亮，塔格似乎也非常享受。最后，威尔才拖着酸得抬不起来的手臂躺在干草垛上。不幸的是，霍尔特正巧在这时走了进来。

“起来。”他说，“没时间让你在这儿偷懒。如果想在天黑前回到家，我们最好现在就动身。”

说着，霍尔特将马鞍搭上马背。对于霍尔特“偷懒”的指控，威尔没有争辩，首先，因为他知道争辩也没用；其次，因为他很兴奋，他们可以骑马回到树林边霍尔特的小屋去了。看来，这两匹马以后要和他们一同生活了。这时威尔才意识到，霍尔特之前一直是与那匹大马同住的，等威尔表现出合格的骑术以及与塔格建立联系的能力之后，这才将暂时寄养在老鲍勃马厩里的伙伴一同接回来。

他们骑着各自的爱马穿过光线昏暗的树林，两匹马时不时嘶鸣一两声，仿佛在聊天。威尔心中有好多疑问想要一探究竟，但现在他只能小心翼翼地尽量不在霍尔特面前聒噪。

最后，他终于忍不住了。

“霍尔特？”他试探着发问。

霍尔特低哼了一声算作回应。威尔认为这是自己可以说下去的信号。

“你的马叫什么呀？”他问。

霍尔特低头看了他一眼。他的马比塔格稍稍高大一些，但也绝对比不上男爵的马厩里那些精心饲养的威武的战马。

“叫‘阿伯拉德’。”他说。

“阿伯拉德？”他重复了一遍，“这是什么名字啊？”

“是高卢语。”霍尔特冷淡地结束了对话。

一路无言，又过去了几英里。现在，日头已经落到了树梢上，在他们面前投下了拉长变形的影子。威尔仔细地研究了一会儿塔格的影子。影子的腿长得出奇，身子却短得可笑。他想指给霍尔特看，又觉得霍尔特肯定没兴趣看这种无聊的把戏。最后，他决定鼓起勇气，问出一个已经困扰了他好几天的问题。

“霍尔特？”他问道。

霍尔特叹了口气。

“又怎么了？”他问。他显然不想搭理威尔，但威尔还是一鼓作气地问了出来：“还记不记得你说过，一位游侠的行动造成了莫葛拉斯的惨败？”

“嗯。”霍尔特轻哼一声。

“噢，我是想知道，那位游侠叫什么名字？”男孩问道。

“名字不重要。”霍尔特说，“我已经想不起来了。”

“是你吧？”威尔说道，肯定是这样。霍尔特转过头，用那双波澜不惊的眼睛盯着他。

“我说了，名字不重要。”他重复了一遍。两个人都沉默了一阵，霍尔特又说道：“你知道什么东西才重要吗？”

威尔摇摇头。

“晚饭很重要！”霍尔特说，“再不快点儿就迟了。”

霍尔特双腿一夹阿伯拉德的肚子，那匹马就像他射出的箭那样飞驰而出，短短几秒就将威尔和塔格远远抛在身后。

威尔也一夹塔格的肚子，小马立即朝它朋友的背影追去。

“上，塔格！”威尔叫道，“让他们瞧瞧你的能耐！”

第15章

伙伴重聚

威尔骑着塔格，慢悠悠地穿过城墙外边的热闹集市。所有的村民和城堡的居民似乎都挤在这里，威尔必须十分小心，以免塔格踩到谁的脚。

今天是丰收节，庄稼都已经收割完了，人们囤好粮食，准备迎接长达数月的寒冬。在经过一个月的辛勤劳作后，男爵通常会按照传统给所有人放个假。每年到了这个时候，流动集市就会来到城堡附近，支起摊位。各种吞火的、变戏法的、唱歌的、说书的艺人也随之而来。在这里，你还可以向摆成三角形的木头瓶子里投掷软皮球或往立柱上套圈，以此赢得游戏奖品。威尔有时会想，那些立柱会不会实际上比套圈的圈口还要粗一些，因为他从来没见过谁靠套圈拿到过奖品。不过大家本来就是图个开心，更何况这些全是由男爵掏钱。

此时此刻，威尔可没闲心去逛集市、找乐子。或许晚些时候他会去看看。不过现在，他正准备去和抚养院的同伴们会合。

按照传统，所有技艺大师都会在丰收节当天给学徒们放假，尽管这些学徒可能并未参与实际的收割工作。从几个星期前威尔就在想霍尔特会不会给他放假。霍尔特好像并不在意什么传统，他有一套自己的处事方式。不过，就在两天前的晚上，威尔一直悬着的心终于放下了。霍尔特粗声粗气地告诉威尔，他可以放一天假，但可别把他这三个月里学到的东西全给忘光。

这三个月来，威尔一直在练习使用霍尔特交给他的弓箭和双刀。他还在城堡郊外的野地上练习如何从一小块掩体转移到另一块掩体而不被霍尔特那双锐利的鹰眼发现。此外，这三个月他也在练习骑术以及如何照顾塔格。现在，他已经与这匹小马建立了特殊的友谊。

他认为，这是他最乐在其中的部分。

现在，他已经进入了放假的状态，准备好好放松一把。就算想到一会儿可能见到贺拉斯也并未让他感到扫兴。他想，或许在战斗学校锻炼了几个月后，贺拉斯已经改了他那霸道的脾气。

提出聚会的是珍妮，她许诺会拿来厨房里许多新鲜出炉的肉馅饼招待大家，邀请大家聚一聚。她现在已经成为丘博大师的得意门生之一。丘博大师逢人便夸她天赋过人——当然，也没忘了适时提两句自己在挖掘她的天赋方面所作的重大贡献。

一想到那些肉馅饼，威尔的肚子就咕咕作响。他现在饿极了，为了一会儿能大快朵颐，他今天特地没吃早餐。珍妮的馅饼现在已经成为红山堡尽人皆知的美味了。

威尔很早就来到了会合地点。他下了马，牵着塔格走到一棵苹果树下。小马拉长了脖子，满怀渴望地盯着枝头的苹果，很可惜它够不着。威尔冲它一笑，三两下爬上了树，摘下一个苹果喂给它。

“只能吃一个。”他说，“你知道霍尔特是怎么说的。”

塔格不耐烦地摇摇脑袋。它和游侠对这个问题仍持不同意见。威尔环顾四周，没看到同伴们的影子。他在树荫里坐下，背靠在多瘤的苹果树树干上等着他们。

“哎，这不是小威尔吗？”一道低沉的声音从他背后传来。

威尔连忙站起来，用手碰了碰额头，行了个礼。来者正是阿拉德男爵，他骑着一匹高大的骏马，后面跟着几名贴身护卫的骑士。

“是的，先生。”威尔紧张地说道。他很不习惯被阿拉德男爵这样的大人物搭话。“祝您丰收节快乐，先生。”

阿拉德男爵点点头以示回礼，然后身子前倾，几乎是舒舒服服地趴在马鞍上。威尔不得不伸长了脖子仰起头，这样才能望着他。

“不得不说，年轻人，你刚刚几乎和周围融为一体了。”阿拉德男爵说，“你穿着游侠的这件灰绿花斑斗篷，我几乎没看到你。霍尔特已经把他那些小把戏全教给你啦？”

威尔低头看了看自己身上的灰绿花斑斗篷。几个星期前，霍尔特把这件斗篷交给了他。他向威尔演示了这身灰绿花斑斗篷如何模糊穿着者的外形轮廓，帮助他融入环境。他告诉威尔，这也是游侠神出鬼没而不被人察觉的原因之一。

“是斗篷的缘故。”威尔说，“霍尔特说这叫‘迷彩’。”男爵点点头，显然对这个词很熟悉，但威尔不久前才知道这个词。

“还有，可别穿着它去偷蛋糕。”阿拉德男爵故作严肃地说道。威尔立即把头摇得像拨浪鼓。

“当然不会，先生！”他立刻说道，“霍尔特说，如果我再干那样的事，就要揍烂我的屁……”他突然尴尬地停了下来。他不确定能不能在尊贵的男爵面前说出“屁股”这个词。

阿拉德男爵又点了点头，竭力忍住笑意。

“他肯定说到做到。”他说，“威尔，你和霍尔特相处得怎么样？你喜欢成为游侠吗？”

威尔没有立即回答。老实说，他从来没有认真考虑过自己到底喜不喜欢。他每天都过得很充实，学习新技能，练习使用弓箭和双刀，还要照顾塔格。这是三个月来他第一次有机会停下来思考这个问题。

“我想我喜欢。”他迟疑道，“只是——”他的声音低了下去。阿拉德男爵更仔细地观察着他。

“只是什么？”他问。

威尔将重心从一只脚换到另一只脚上，只觉得刚才没有这么多嘴引出这个话题就好了。还没等他搞清楚到底要不要说出这些话，他的嘴里就冒出了声音。

“只是……霍尔特从来不笑。”他局促地说，“他对什么事都很严肃。”

他感到阿拉德男爵仿佛又在忍住笑意。

“嗯，”阿拉德男爵说，“毕竟游侠是一种很严肃的职业，你是知道的。我相信霍尔特对你是言传身教。”

“他总是那样。”威尔懊恼地说。这一次，阿拉德男爵没忍住笑了出来。

“总之，认真听他的话，年轻人。”他说，“你所学习的是一种非常重要的职业。”

"是，先生。"威尔有些惊讶，他竟然从心底里赞同阿拉德男爵的说法。阿拉德男爵直起腰，拉起缰绳，正准备策马离开，威尔突然涌起一阵冲动，追了上去。

"请留步，先生。"他有些犹豫地开了口。阿拉德男爵勒住马，回过身来。

"怎么了，威尔？"他问道。

威尔局促地又把重心换到另一只脚上站着，继续说道："先生，您还记得我们的军队与莫葛拉斯的那场战斗吗？"

阿拉德男爵愉快的面容换上了一副蹙眉沉思的表情。"我绝不可能那么快就忘记，孩子。"他说，"怎么了？"

"先生，霍尔特告诉我，是一名游侠指引重骑兵部队渡过了裂流河上一段隐秘的浅滩，这才得以发动了对敌军后方的奇袭……"

"没错。"阿拉德男爵说。

"我想知道，先生，那名游侠叫什么名字？"威尔一鼓作气说完，为自己的唐突脸红不已。

"霍尔特没告诉你吗？"阿拉德男爵问道。威尔耸耸肩。

"他说名字不重要。他说晚餐才重要，名字不重要。"

"但你认为名字很重要，虽然你的导师告诉你并非如此？"阿拉德男爵又皱起了眉。

威尔咽了一口口水，继续说道："我想那名游侠就是霍尔特，先生。我想知道的是，他为什么没有因此被授予勋章或者受到表彰？"

阿拉德男爵思索了一会儿才开口："你猜对了，威尔，那正是霍尔特。我本来想表彰他，但他让我不要那么做。他说那不是游侠的风格。"

"但是——"威尔迷惑不解道。然而阿拉德男爵举起一只手，阻止他继续说下去。

"你们游侠有一套自己的处事方式，威尔，我相信你会明白的。尽管有时游侠可能会遭到人们的误解。好好听霍尔特的话，按他说的做，你的前途将一片光明。"

"是，先生。"威尔又行了一个礼。阿拉德男爵用缰绳轻轻拍了拍马颈，掉转马头准备去集市。

"差不多了。"阿拉德男爵说，"我们可不能在这儿聊上一天。现在我要到集市去，看看今年能不能把那个破圈套到柱子上！"

阿拉德男爵正准备离开，突然想到了什么似的，勒住了缰绳。

"威尔？"他回头叫道。

"是，先生？"

"别告诉霍尔特我把他是那名游侠的事告诉你了。我可不想惹他生气。”

“是，先生。”威尔笑着答道。在阿拉德男爵拍马而去后，威尔又一次坐下来，期待着朋友们的到来。

第16章

年轻气盛

珍妮、艾莉丝和乔治不久后陆续抵达。珍妮兑现承诺带来了一大堆用红布包着的新鲜馅饼。她小心翼翼地将馅饼铺在苹果树下的空地上，其他人围了过来。就连一向举止娴雅的艾莉丝都忍不住要赶紧伸手拿一块。

“快点儿！”乔治说，“我要饿死了！”

珍妮摇摇头。“我们应该等等贺拉斯。”说着，她抬头张望，但熙熙攘攘的人潮中并没有贺拉斯的身影。

“噢，别等了。”乔治恳求道，“我整个上午都在忙着给男爵写一份言辞恳切的请愿书，快饿死了！”

艾莉丝翻了翻眼皮。“或许我们应该先开始。”她说，“不然乔治就要开始发表长篇大论了，我们今天什么也别想干。不管怎么说，我们总可以留几个给贺拉斯。”

威尔笑了起来。现在的乔治和挑选日当天那个胆小口吃的男孩已经不可同日而语了，看来书记学校功不可没。珍妮给每个人分了两个馅饼，又把留给贺拉斯的那两个放在一边。

“那我们开始吧。”她说。其他人立刻狼吞虎咽地吃了起来，不一会儿就齐声夸奖起珍妮的手艺来。“珍妮的馅饼”果然名不虚传。

“法官大人，”乔治站起身，张开手臂，仿佛在看不见的法庭上慷慨激昂地发表辩词，“我们决不可以将这件东西简单地描述为一个馅饼。说它是一个‘馅饼’将造成一例本庭前所未有的严重误判！”

威尔转向艾莉丝。“他这样已经多久了？”他问。

她笑着答道：“经过几个月的法律训练，他们每个人都会变成这个样子。这些天最让我们苦恼的是怎么让乔治闭嘴。”

“噢，快坐下吧，乔治。”珍妮面对这样的赞扬羞红了脸，但仍然很高兴，“真是个大傻瓜。”

“或许吧，美丽的小姐。但使我神魂颠倒的正是这艺术品的动人魅力。这不是馅饼，是一曲美食的交响乐！”他举起手中的半个馅饼，向伙伴们摆出一个祝酒的姿势。

“干杯！为了珍妮小姐的——馅饼交响曲！”

艾莉丝与威尔相视一笑，又看着乔治，一同举起了手中的馅饼“干杯”。四个伙伴全都开开心心地大笑起来。

不幸的是，贺拉斯恰在此时出现了。他可能是所有人当中唯一一个对新环境感到痛苦的人。课业艰难，纪律严明，当然他对这一切都有所准备，在正常情况下，他完全应付得来。但是，自从布林、阿尔达和杰罗姆盯上他以后，他的生活就成了一场噩梦，真正意义上的噩梦：那三个二年级学员会在夜里突然出现，把他从床上拖起来，拉出去，支使他去做一些最丢脸、最累人的事。

由于睡眠不足，再加上时刻担心他们会突然冒出来欺辱自己，贺拉斯的功课也落下了。而他的室友们意识到，只要自己表现出丝毫同情，就可能一同沦为那三个人霸凌的目标，于是他们有意疏远了他，使得他越发深陷在痛苦的孤独之中。贺拉斯恨透了战斗学校，但他不知道还有什么办法能摆脱困境，而不至于使自己更加难堪和丢脸。

在今天这个特别的日子，他好不容易逃离了战斗学校的束缚和压迫来到这里，却看到昔日在抚养院一同长大的朋友们早就已经开动了。他们没有等他，这让他既生气，又难过——他没有想到珍妮已经为他留出了一份馅饼。他感到他们之间产生了隔阂，这是最让他痛苦的。在所有这些朋友中，他最亲近的就是珍妮。珍妮永远是无忧无虑的样子，对谁都很友好，总是愿意倾听别人的苦恼。他意识到自己一直盼望着今天能见到珍妮，而现在珍妮也让他失望了。

他总是把别人想得很坏。艾莉丝总是躲着他，一副高高在上的样子，好像他不配和她说话；威尔总是捉弄他，然后一溜烟地爬上那棵大树，他只能在树下干生气。至少，在贺拉斯当前诸事不顺的状态下，他就是这么看待他们的。他似乎压根儿不记得自己是怎么拧着威尔的耳朵或紧紧夹着他的脑袋，逼迫这个小个子男孩大喊"投降"的。

至于乔治，贺拉斯从来没有关心过他。这个竹竿似的男孩勤奋好学，一心一意埋首读书，贺拉斯一直觉得他是个苍白无趣的人。而现在，他站在人群当中侃侃而谈，其他人举着馅饼边吃边笑——贺拉斯却什么也没有。他突然憎恨起他们所有人。

"好极了，是不是？"他苦涩地开口。闻言，所有人都转过头来，笑容从他们的脸上消失了。和往常一样，珍妮又是第一个回过神的。

"贺拉斯，你终于来了！"她说。她朝他走去，但贺拉斯冷若冰霜的神色令她停住了脚步。

"终于？"他说，"我不过晚来了几分钟，就'终于'了？我确实来晚了，毕竟你们已经把所有的馅饼都吃完了。”

这真是冤枉珍妮了。和大部分厨师一样，珍妮喜欢烹饪，但对做好的菜品兴趣不大。她真正喜欢的是看到大家品尝自己做的美食，听到他们由衷的赞叹。所以，珍妮其实一口馅饼都没有吃。她转过身，指了指留给贺拉斯的两个馅饼，她还特地用餐巾盖着它们。

“不，”她急忙道，“你看，那里还有啊！”

但贺拉斯压抑已久的愤怒使他无法理智地控制自己的言行。“是吗？”他阴阳怪气地说，“我真该再来晚一点儿，好让你们赶紧把剩下的也吃完。”

“贺拉斯！”珍妮的眼泪夺眶而出。她不知道贺拉斯今天是怎么了，但毫无疑问，她精心策划的老友团聚全被他搞砸了。

这时，乔治走上前来，好奇地盯着贺拉斯。这个瘦瘦高高的男孩把头歪向一边，认真地观察着这名战士学徒，仿佛他是一件展品或是一件呈堂证物。

“没必要这么不高兴吧。”他说得很有道理。但贺拉斯现在不想和任何人讲道理，于是一把将乔治推开。

“滚开。”他说，“我劝你和战士说话时注意点儿。”

“你还不是战士。”威尔轻蔑地说，“你只是个学徒，和这里的所有人一样。”

珍妮赶紧向威尔打了个手势，让他不要再说了。此时正在大嚼剩下的馅饼的贺拉斯慢慢地抬起头，上下打量了威尔几秒钟。

“哎哟！”他说，“今天有个间谍的学徒也来参加聚会了！”他环视一圈，想看看这个笑话反响如何。谁也没有笑，这让贺拉斯更加不快。

“我猜霍尔特已经教会你如何鬼鬼祟祟、偷偷摸摸地监视每一个人了，是不是？”贺拉斯没等威尔回话，上前一步，嘲讽地用手指戳了戳威尔的迷彩斗篷。

“这是什么玩意儿？没钱买染料染匀？”

“这是游侠的斗篷。”威尔静静地答道，努力压制着心中的怒火。

贺拉斯嗤之以鼻，顺手将半个馅饼塞进嘴里，饼屑喷得一地都是。

“别没事找事。”乔治说。贺拉斯脸涨得通红，朝书记官的学徒转过身来。

“说话注意点儿，小朋友！”他厉声道，“你在和一个战士说话，记住了！”

“战士学徒。”威尔再次着力强调了“学徒”这个词。

贺拉斯的脸更红了，他的目光交替落在面前的两个人身上。威尔绷紧了身体，他感到这个大块头准备要发动进攻了。但是，威尔眼神中的某种东西以及他的戒备姿态令贺拉斯犹豫了。贺拉斯从来没见过威尔露出这种反抗的举动。往常在他恐吓威尔的时候，威尔总是显得很害怕。现在，威尔身上的那种自信让他感到有些动摇。

于是贺拉斯转向乔治，在他胸口上狠狠推了一把。

“这算不算找事？”贺拉斯看着踉踉跄跄往后退的瘦弱男孩，说道。乔治拼命挥动手臂以保持平衡，一不小心打到了塔格。本来正在安静吃草的小马一下子挺直了身子。

“别动，塔格。”威尔说。塔格立即安静下来。这时，贺拉斯也第一次注意到了塔格。他走上前，仔细打量着这匹毛茸茸的小马驹。

“这是什么东西？”他作出一副难以置信的样子，“这只大邋遢狗是你们谁带来的？”

威尔握紧了拳头。“这是我的马。”他平静地说。他可以容忍贺拉斯嘲笑他，但他不能眼睁睁地看着自己的爱马受辱。

贺拉斯发出一阵难听的大笑。

“马？”他说，“你管这叫马？我们在战斗学校骑的那才叫马！才不是这种邋遢狗！我看它得好好洗个澡！”他皱起鼻子，故意靠近塔格嗅来嗅去。

塔格瞥了旁边的威尔一眼。这个讨厌鬼是谁？它的大眼睛仿佛在问。威尔小心翼翼地掩饰着脸上的一丝坏笑，故意漫不经心地说道："它是游侠的马。只有游侠才能骑上它。"

贺拉斯再次大笑起来："这种邋遢狗，我姥姥都能骑！"

"或许吧。"威尔说，"不过我敢打赌你不能骑。"

他的话还没说完，贺拉斯已经解开了缰绳。塔格看了威尔一眼，威尔敢发誓这匹小马绝对是轻轻点了点头。

贺拉斯跃上马，塔格一动不动地站在原地。

"这有什么大不了的！"贺拉斯叫道。然后他一夹塔格的肚子："跑起来，大狗！咱们去兜兜风！"

威尔看到了熟悉的一幕，塔格腿上和身上隆起的肌肉表明，它已经准备好了。紧接着，小马四蹄离地，跃向空中。它猛地一甩身子，前蹄落地，后蹄高高向上一撅。

贺拉斯像小鸟一样在空中飞了几秒，然后摔了个四仰八叉。乔治和艾莉丝难以置信又有些开心地看到那个欺负人的混蛋躺在那里喘着粗气，半天回不过神。珍妮上前几步，本想看看贺拉斯有没有什么事，但转念一想，又抿紧了嘴，停了下来。这都是贺拉斯自找的，她想。

整件事差一点儿就到此为止了——差一点儿——然而，威尔还是和过去一样，得理不饶人。

"或许你该向你姥姥讨教讨教怎么骑马。"他故作严肃地说。

乔治和艾莉丝强作镇定。不幸的是，珍妮又咯咯咯地笑出了声。

贺拉斯噌的一下站了起来，他的脸色因为愤怒而变得阴沉。他环顾四周，从地上捡起一根苹果树枝，挥舞着冲向塔格。

“我要给你和你那该死的臭马一点儿教训！”他狂吼着，拿着树枝用力朝塔格抽去。塔格灵巧地避开了树枝。还没等贺拉斯发动第二次攻击，威尔已经扑了上去。

威尔跳到贺拉斯的背上，他的体重和这一跳的威力将贺拉斯扑翻在地。他们滚作一团，相互扭打，企图压制对方。塔格意识到主人有危险，惊慌地将前蹄抬起，嘶鸣起来。

贺拉斯疯狂挥舞的拳头打在威尔的耳朵上，威尔则抽出右臂，照着鼻子狠狠给了他一下。

血从这个大块头的脸上流了下来。在经过霍尔特三个月的训练后，威尔的手臂变得结实且肌肉发达，但贺拉斯也经过了三个月的锻炼，毫不逊色。他一拳打在威尔的肚子上，威尔几乎喘不过气来。

贺拉斯挣扎着站起来，威尔则依照霍尔特曾经教过的一招，用腿画出一道弧线，直接把贺拉斯扫翻在地。

“先下手为强。”在霍尔特与威尔练习徒手格斗的时候，霍尔特总是如此叮嘱。看到贺拉斯再次摔倒在地，威尔又扑了上去，企图用膝盖压住他的手臂。

这时，威尔感到一只铁一样的手抓住了他的后颈。他被拎了起来，像一条中钩的鱼似的扭动着想要挣脱。

“两个小地痞，你们在干什么？”一个声音怒喝道。

威尔转过身，发现抓住他的正是战斗大师罗德尼爵士。这名高大的战士看上去怒火中烧。贺拉斯挣扎着爬起来，立正站好。罗德尼爵士放开威尔的衣领，威尔像一袋土豆似的滑倒在地，然后也立即站好了。

“两个学徒，”罗德尼爵士十分生气，“像地痞流氓一样当街斗殴，破坏节日！更可气的是，还有一个是我的学徒！”

威尔和贺拉斯忸怩不安地站着，低着脑袋，不敢直视战斗大师愤怒的目光。

“好，你说，贺拉斯，怎么回事？”

贺拉斯将重心从一只脚换到另一只脚上，脸颊通红。他没有答话。罗德尼爵士又看看威尔。

“那就你，游侠的学徒！你说，怎么回事？”

威尔犹豫了片刻。“就是打了一架，先生。”他嘟嘟囔囔地说。

“我眼睛没瞎！”战斗大师吼道，“别把我当傻子！”他停了一会儿，想看看这两个孩子还有什么要说的。但他们俩都一言不发。罗德尼爵士长长叹了一口气。男孩子！如果不时时看着他们，他们就要打架；如果不打架，要么就小偷小摸，要么就闹得鸡飞狗跳。

“好了。”他最后说道，“架打完了。现在握手言和，今天的事就算过去了。”他顿了顿，结果两个男孩谁也没有要握手的意思。于是罗德尼拉开阅兵的嗓门大吼道：

“握手！”

迫于形势，威尔和贺拉斯只能勉强握了握手。威尔与贺拉斯对视了一眼，他意识到，事情远没有结束。

“这笔账下次再算！”贺拉斯的眼睛里流露出愤怒的神色。

“随时奉陪！”威尔也用眼神如此回应。

第17章

追踪课

威尔和霍尔特缓缓地骑着马从森林里回家。冬天的第一场雪厚厚地覆盖在地上。

丰收节的那场冲突已经过去了六个星期，威尔与贺拉斯的关系丝毫没有改善。不过他们也没有什么机会重燃战火，因为双方的老师都布置了繁忙的学习任务，而他们的日常行程鲜少有交集。

威尔偶尔会远远地看到贺拉斯，但他们从没搭过话，有时甚至都没注意到对方的存在。那种不愉快的感觉始终萦绕在心头，威尔知道，总有一天他们要做个了结。

奇怪的是，这种情况并没有像几个月前那样让他惴惴不安。

这倒不是说他想跟贺拉斯再打一架，而是说他现在已经能够以相当平和的心态来看待这件事了。回想起抡在贺拉斯鼻子上的那一记重拳，他心里颇为得意。他甚至还有些惊奇地发现，一想起这件事是在珍妮和艾莉丝面前发生的，他就更加愉快——奇怪的地方在于，他想到更多的是艾莉丝。尽管这件事暂时还没有定论，但它仍为威尔留下了许多思考和回忆。

但现在不是分心的时候，他意识到，怒气冲冲的霍尔特将他拉回了现实。

“我们还能继续上追踪课吗？还是你有更要紧的事要做？”他质问道。威尔立即转过身来，想看看霍尔特指着的是什么。马驮着他们走在松软洁白的雪地上，只有极其微弱的马蹄声。霍尔特指着雪地上的一些痕迹。那都是动物留下的踪迹，而威尔的任务是判断它们是什么动物留下的。威尔有敏锐的双眼和灵活的头脑，在大部分情况下，他非常喜欢上追踪课，不过因为刚刚走神了，他不知道霍尔特想要他看哪里。

“那边。”霍尔特指了指左边，语气很不耐烦，一副“别让我再重复一次”的样子。威尔从马镫上站起来，想要看得更清楚一些。

“一只兔子。”他立刻答道。

霍尔特斜眼看着他。“一只兔子？”他问。威尔又看了一眼，几乎是立即修正了自己的答案。

“好几只兔子。”他特意强调了“好几只”，霍尔特对准确性的要求很高。

“这还差不多。”霍尔特咕哝道，“如果那里留下的是一串斯堪狄亚人的脚印，你必须知道他们有多少人。”

“我想是的。”威尔从善如流地答道。

“你想是的！”霍尔特讽刺地答道，“相信我，威尔，面对一个斯堪狄亚人和面对六个斯堪狄亚人完全不是一回事。”

威尔点了点头，表示认错。最近他们的关系发生了一些变化，具体表现为霍尔特几乎不再叫他“孩子”了。最近，他总是叫他“威尔”。威尔喜欢被霍尔特这样直呼大名，这让他感到自己已经得到了这个冷酷无情的游侠的认可。尽管如此，他还是希望霍尔特在喊他的时候能笑一笑。

哪怕一次也好。

霍尔特低沉的声音再次打断了他的神游。

“你刚刚说，几只兔子。只有兔子吗？”

威尔再次凝神观察。虽然凌乱的印迹很难辨认，但顺着霍尔特的手指看去，雪地上确实还留着另一组脚印。

“一只白鼬！”威尔兴奋地嚷道。霍尔特点了点头。

“一只白鼬。”他表示同意，“不过，你本该从中看到更多的东西，威尔。仔细看兔子的脚印，这些脚印很深。很显然，这表示它们受到了惊吓。这时你就应该意识到，除了兔子还有别的东西。”

“我明白了。”威尔说。

但这次霍尔特摇了摇头：“你不明白。很多时候你看不到，是因为你的注意力不够集中。这是你需要锻炼的。”

威尔什么也没说，虚心地接受了批评。他现在已经知道，霍尔特不会无缘无故地批评他。一旦霍尔特找到批评他的由头，他找再多的理由也没有用。

两个人默默地骑着马。威尔的眼睛一刻不停地盯着地面，寻找更多的足迹和动物留下的其他痕迹。他们又走了大约半英里，这时周围的景色已经变得非常熟悉，他们马上就要到家了。这时，他发现了一些不同寻常的东西。

“看！”威尔指着路边一片滚落的积雪叫道，“那是什么？”

霍尔特转过身，朝他指的地方看去。那些脚印——如果真的是脚印的话——和威尔至今所见过的任何脚印都不一样。霍尔特催动坐骑来到路边，更仔细地观察起来。

“嗯哼，”他若有所思地说，“这个脚印我还没让你辨认过。好长一段时间没见过它们了，今天好好看看吧，威尔。”

他轻巧地从马鞍上一跃而下，穿过齐膝深的积雪朝那些脚印走去。威尔紧跟在他身后。

“那是什么？”男孩问。

“野猪。”霍尔特简单地回答道，“还是个大家伙。”

威尔紧张地环顾四周。他可能不知道雪地上的野猪蹄印是什么样的，但他知道野猪，知道这是一种极其危险的猛兽。

霍尔特注意到威尔的慌乱，安抚地拍了拍他。

“别担心。”他说，“它不在附近。”

“这能从脚印上看出来吗？”威尔目不转睛地盯着雪地上的脚印。那深深的凹槽和印证显然是一个庞然大物留下的。看上去，它不仅体形庞大，而且狂暴异常。

“不。”霍尔特平静地说，“我是从马儿的反应上看出来的。如果这附近有一头那么大的野猪，那么它俩现在肯定是又闻又嗅、又踢又刨，而且还要哇呜大叫，绝对闹得我们头都晕了。”

“噢。”威尔感觉自己有点儿傻兮兮的，松开了手里一直紧攥着的弓箭。不过，尽管霍尔特做出了安全保证，威尔还是忍不住回头扫了一眼。突然，他感到自己的心跳骤然加快了。

小路另一侧的一丛茂密的灌木出现了一丝晃动，极其微小的一丝晃动。若是在过去，他可能会认为那是风的吹拂，但是霍尔特的训练提高了他的推理能力和观察力。现在根本没有风，一丝风也没有。

然而，树丛仍在晃动。

威尔的手慢慢伸向了箭袋。他的动作很慢，以免惊动灌木丛里的生物。他抽出一支箭，轻轻搭在弓弦上。

“霍尔特？”他尽量压低了声音，但没压住声音里透出的一丝颤抖。他不知道自己的这一箭能否阻止一头冲刺的野猪。他想应该不能。

霍尔特环视四周，他看到了威尔搭在弦上的箭，然后顺着威尔的目光望去。

“你不会是想一箭射死灌木丛后面那个可怜的老农夫吧？”霍尔特严肃地说。他有意提高了音量，以便让对面灌木丛里的人也能听到。

几乎是同时，灌木丛里出现了一阵忙乱的晃动，威尔听到有人惊恐地大叫：“别射箭，好先生！别射箭！只有我一个人！”

灌木丛分成两半，从里面钻出一个衣冠不整、满脸慌乱的老汉，匆匆朝他们跑来。然而，越急越出错，他一脚绊倒在乱糟糟的灌木丛里，摔了个狗啃泥。他笨手笨脚地爬起来，向他们伸出手掌，表示自己没有武器。他一边走，还一边不住地大叫：“只有我一个人，先生！千万别射箭，长官！只有我一个人，我发誓，我不是什么危险分子！”

他匆匆跑到小路中央，目不转睛地望着威尔手里绷紧的弓弦和闪闪发光的箭镞。威尔慢慢松开手，放下弓，仔细打量着面前的闯入者。他瘦得只剩一把骨头，穿着一件破破烂烂的农家脏衣服，四肢长而不协调，手肘和膝盖骨节凸起。他留着一把乱糟糟的花白胡须，头顶已经有点儿秃了。

他在距离他们只有几码的地方停了下来，朝这两个身披斗篷的人紧张地笑了笑。

“只有我一个人。”他又说了一遍。

第18章

带个口信

威尔忍不住笑了。眼前的农夫与他想象中凶猛冲锋的野猪差得实在是太远了。

“你怎么知道他在那儿？”他轻声问霍尔特。

游侠耸了耸肩：“我几分钟前就看到他了。你以后也能学会察觉别人看你的目光，然后主动去寻找看你的人。”

威尔钦佩地摇了摇头。霍尔特的观察力无人能及。怪不得城堡里的人都对他敬畏有加！

“喂，”霍尔特厉声道，“你在那里鬼鬼祟祟地做什么？谁让你来监视我们的？”

老汉紧张地搓着手，目光从霍尔特那令人生畏的脸上飘到威尔的箭尖上——威尔已经将箭尖垂下，但箭仍搭在弓弦上。

“不是监视，先生！不，不！不是监视。我听见你们的声音，还以为是那头大肥猪又回来了呢！”

霍尔特的眉毛拧到了一起。“你以为我是野猪？”他问。老汉赶紧摇摇头。

“不不不不。”他慌乱地答道，“我以前从来没见过你！不过我不知道你们是谁，应该不是强盗吧？”

“你来这里干什么？”霍尔特问，“你不是本地人，没错吧？”

老汉像是急于讨好霍尔特似的连忙摇头。

“我是从垂柳湾来的！”他说，“我一直追着那头肥猪到处跑，看看能不能找人一起把它变成腌猪肉。”

霍尔特像是突然产生了极大的兴趣。他不再用先前那种咄咄逼人的态度说话了。

“这么说，你见过那头野猪？”他问。老农夫又一次紧张地搓了搓手，心惊胆战地四下看了一眼，好像担心那头肥猪会突然从树上跳下来似的。

“见过它，也听到过它的声响。不过我是真的不想再见到它了。坏家伙，先生，那真是个坏家伙。”

霍尔特又回头看了看地上的脚印。

“不管怎么说，肯定是个大家伙。”霍尔特自言自语道。

“那是个怪物，先生！”老农夫接着说道，“它有魔鬼般的坏脾气。唉，它会把一个人或一匹马撕得粉碎当早餐！它真干得出来！”

“那你对它有何打算？”霍尔特问道，又补充了一句，“还有，你叫什么名字？”

老农夫一拍脑门，用指节叩额以代行礼。

“彼得，先生。大家都叫我盐彼得，因为我喜欢在肉上放很多盐，真的。”

霍尔特点点头。“我相信你说的是真的。”他耐心地问道，“不过你到底想拿这头野猪怎么办呢？”

盐彼得挠了挠头，看上去有点儿迷茫。“这还真不知道。可能找个士兵或者骑士什么的把它赶跑吧。或许，游侠也可以？”

威尔笑了起来。霍尔特正单膝跪着研究地上的足迹，这时他站起来，掸了掸膝盖上的雪，走到盐彼得的身边。盐彼得局促不安地扭动着。

“它惹了很多麻烦？”霍尔特问。老农夫忙不迭地点头。

“是的，先生！它杀了三条狗，撞坏了篱笆，在田里乱跑。我的女婿想阻止它，结果被顶了个半死。我说过了，先生，那真是个坏家伙！”

霍尔特若有所思地抚摸着下巴。

“嗯哼，”他说，“看来我们得做点儿什么。”他抬头看了看天色，太阳已经西沉。他转向威尔：“威尔，距离太阳下山还有多久？”

威尔抬起头，试图判断太阳的方位。这些天来，霍尔特总是抓住一切机会，除了教授威尔各种各样的知识，还时不时出几个问题考考他，看看他对知识和技能的掌握到了何种程度。威尔知道，最好想明白了再回答。霍尔特喜欢听到准确的答案，而不是匆匆敷衍。

“一个小时多一点儿？”威尔答道。然后他看到霍尔特皱起了眉，想起霍尔特也不喜欢听到别人用问句来回答他的问题。

“是你在问我还是我在问你？”霍尔特说。威尔赶紧摇摇头，对自己很恼火。

“一个小时多一点儿。”威尔以更自信的口吻答道。这回，游侠赞许地点了点头：“回答正确。”

他又转向老农夫：“很好，盐彼得，我希望你去给阿拉德男爵带一个口信。”

“阿拉德男爵？”农夫紧张地问道。霍尔特的眉头又皱了起来。

“看见你干的好事了吗？”他冲威尔说，“他也学会用问句来回答问题了！”

“对不起。”威尔喃喃地说着，却忍不住微微一笑。霍尔特摇摇头，又继续对盐彼得说："没错，就是阿拉德男爵。沿着这条路走一英里多，你就会看到他的城堡。"

盐彼得举起一只手，作势朝小路前方张望，仿佛已经看到了城堡。"你是说，城堡？"他惊奇地问，"我还从来没见过城堡嘞！"

霍尔特不耐烦地叹了一口气。让这个话匣子老汉专心听他说话真不容易，他已经开始有点儿恼火了。"没错，城堡。你到大门口的守卫那里去……"

"一座大城堡？"老汉打断了他。

"超大的城堡！"霍尔特怒吼起来。盐彼得吓了一跳，露出一副受伤的表情。

"别吼那么大声嘛，年轻人。"他气呼呼地说，"我就是问问而已。"

"好，你现在别打断我。"霍尔特说，"别再浪费时间了。现在听我说话，明白吗？"

盐彼得点点头。

"很好。"霍尔特继续说道，"到城堡大门口的守卫那里去，说霍尔特有一个口信要带给阿拉德男爵。"

老汉的脸上露出豁然开朗的神情。

"霍尔特？不会是那个游侠霍尔特吧？"

"是，"霍尔特疲倦地答道，"就是那个游侠霍尔特。"

“就是那个伏击了莫葛拉斯兽人军队的霍尔特？”盐彼得问。

“是。”霍尔特压低了声音，语气很危险。

盐彼得左看右看。“噢，”他说，“那他在哪儿呢？”

“我就是霍尔特！”霍尔特几乎将脸贴到了盐彼得的脸上，大吼起来。老农夫吓得后退了好几步，然后鼓足勇气摇了摇头，表示不信。

“不不不，”他斩钉截铁地说，“你才不是霍尔特。游侠霍尔特有两个人高、两个人宽，身材高大得很！他又大胆，又神勇！你不可能是霍尔特。”

霍尔特转到一边，试图平息心中的怒气。威尔再次忍不住露出笑容。

“我——就是——霍尔特。”霍尔特一字一顿地说道，以免盐彼得再产生什么误解，“我年轻的时候确实又高又大，但现在我就是你看到的这样。”他凑近老农夫，一双锐利的眼睛狠狠瞪着他，“明白了？”

“呃，既然你都这么说了……”盐彼得答道。他还是不相信面前的游侠，但游侠的眼神里有一种危险的警告意味，他意识到继续否认是不明智的。

“很好。”霍尔特冷冰冰地说，“现在，你去告诉男爵，霍尔特和威尔——”

盐彼得嘴巴一张，好像又要提问了。霍尔特立刻捂住老汉的嘴，用手一指站在一旁的威尔和塔格。

“他就是威尔。”盐彼得点点头，眼睛睁得大大的。他被霍尔特牢牢地捂住嘴，再也不能提出任何问题或者插嘴打断了。霍尔特继续说道：“告诉阿拉德男爵，霍尔特和威尔正在追踪一头野猪。在找到野猪的巢穴后，我们就会返回城堡。阿拉德男爵可以召集他的随侍，明天一早去猎野猪。”

说完，霍尔特慢慢将手从盐彼得的嘴上拿开。“听清楚了吗？”霍尔特问。盐彼得小心翼翼地点了点头。“给我复述一遍。”霍尔特说。

“到城堡去，告诉大门口的守卫说有你……霍尔特的口信要带给阿拉德男爵。告诉他，你……霍尔特……还有……威尔……要去追踪野猪。然后告诉他召集随侍，明天出发狩猎。”

“很好。”霍尔特说。他朝威尔打了个手势，两个人重新回到马鞍上。盐彼得不知所措地站在小路上，抬头望着他们。

“你去吧。”霍尔特指了指城堡的方向。老农夫向前走了几步，在感到自己已经逃到安全范围之后，他回过身，朝面无表情的霍尔特大喊道：“我才不信你的鬼话！没有人会越长越矮、越长越瘦！”

霍尔特叹了口气，掉转马头，走进了森林。

第19章

围猎野猪

两个人在渐渐深沉的暮色中缓缓前行，不时从马鞍上侧下身子，仔细查看野猪留下的足迹。

要追踪这样一个庞然大物对他们来说轻而易举，它沉重的身躯在厚厚的积雪上留下了一道深深的痕迹。不过，威尔想，即使没有积雪，他们也能轻松地跟上它。这头野猪的脾气确实很坏。它在森林里横冲直撞，用那对巨大的獠牙撩开周围的大树和灌木，开拓出了一条七拐八拐的野径。

“霍尔特？”在他们进入密林深处大约半英里后，威尔忍不住开口了。

“嗯？”霍尔特有些心不在焉地应了一声。

“为什么要通知阿拉德男爵？我们不能用弓箭杀死它吗？”

霍尔特摇了摇头。

“这是个大家伙，威尔。你可以看到它开出的这条路有多宽。朝它连射五六支箭或许能杀死它，但即便如此，直到真正死去前，它也还会挣扎很长一段时间。对付这样的野兽，还是小心为妙。”

“那我们该怎么做呢？”

霍尔特抬起头，思索了片刻：“你是不是从没见过狩猎野猪？”

威尔摇了摇头。霍尔特勒住缰绳，打算和威尔解释，于是威尔让塔格停在他身边。

“首先，”霍尔特说，“我们需要猎犬。我们不能简单地用弓箭杀死野猪的，因为在我们找到它时，它可能会钻进灌木丛，或者跑进树林里，因此我们不容易发现它的位置。这时就需要放狗把它赶出来。我们会让一群人手持野猪矛，团团围住它的巢穴。”

“然后将矛掷到它身上？”威尔问。霍尔特摇摇头。

“有脑子的人都不会这么做。”他解释道，“野猪矛有两码多长，矛尖双面开刃，矛尖后有一个横档。通常的做法是诱导野猪冲向持矛手，然后持矛手将矛柄架在地上，引诱野猪自己撞上去。横档可以阻止野猪沿着矛柄直接撞向持矛手。”

威尔露出怀疑的表情：“听上去很危险。”

游侠点点头："是很危险。但是男爵和罗德尼爵士，还有其他骑士，都乐在其中。他们绝不会错过任何猎野猪的机会。"

"那你呢？"威尔问，"你也会手持野猪矛上阵吗？"

霍尔特摇摇头。"我会一直待在阿伯拉德身上。"他说，"而你就待在塔格身上，以防野猪冲破包围圈或负伤逃窜。"

"如果它真的跑出来了，我们该怎么做？"威尔又问。

"赶在它跑回树林之前把它放倒。"霍尔特冷冰冰地说，"然后用我们的弓箭射杀它。"

第二天是星期六，早餐之后，战斗学校的学员们可以自由支配这一天的时间。然而，对贺拉斯而言，这通常意味着要尽量避开过来找碴的阿尔达、布林和杰罗姆。不过他们最近显然也察觉到贺拉斯在躲着他们，于是干脆到餐厅门口堵他。这天早上，贺拉斯一来到校场，就看到他们三个人正嬉皮笑脸地等着他。贺拉斯犹豫了，但现在回头已经太晚了。他怀着沉重的心情，继续朝他们走去。

"贺拉斯！"他被背后传来的声音吓了一跳。他转过身，看到罗德尼爵士正望着他，还以好奇的目光瞟了一眼远处的三名二年级学员。贺拉斯不确定战斗大师是否知道他的遭遇，但他猜战斗大师知道。贺拉斯认为这也是战斗学校的严酷教育之一。

“长官！”贺拉斯答道，不知道自己做错了什么。罗德尼爵士的脸色缓和下来，冲贺拉斯微微一笑。他今天似乎特别高兴。

“放松点儿，贺拉斯，今天是星期六。你有没有猎过野猪？”

“呃……没有，长官。”尽管罗德尼爵士叫他放松，但他还是站得直挺挺的。

“那就来试试吧。去军械库取一杆野猪矛和一把猎刀，让乌尔夫给你一匹马，二十分钟后回这里集合。”

“是，长官。”贺拉斯答道。罗德尼爵士兴奋地搓着手。

“听说霍尔特和他的学徒给我们准备了一头野猪，也该找点儿乐子了。”他朝自己的学徒充满鼓励地一笑，便匆匆大步走开收拾自己的装备去了。当贺拉斯再次回到校场时，他发现阿尔达、布林和杰罗姆已经不见了。他本该好好想想为什么罗德尼爵士一出现，那三个恶棍就销声匿迹了，但此时他根本无暇去想这些，他只想知道罗德尼爵士这次带上他是想要他做什么。

当霍尔特领着狩猎队浩浩荡荡地来到野猪的巢穴附近时，已经是上午十点多了。

那头巨兽钻进了密林深处的灌木丛中，霍尔特和威尔在前一天傍晚天黑前才找到它的藏身之处。

他们慢慢靠近野猪的巢穴，霍尔特做了一个手势，阿拉德男爵便和猎人们下了马，将马交给随行的马夫看管。接下来的几百码他们徒步行进，只有霍尔特和威尔还骑着马。

狩猎队总共有十五人，每个人都拿着一杆霍尔特所描述的那种长矛。在靠近野猪的巢穴后，他们四散开来，围成一个大圈。威尔惊讶地发现，贺拉斯也在狩猎的队伍中。他是狩猎队里唯一的战士学徒，其他人都是正经的骑士。

还剩下最后一百多码时，霍尔特举起手，示意猎人们停下。他催动阿伯拉德轻轻小跑到塔格身边，威尔正紧张地坐在马鞍上。小马嗅到了野猪的味道，不安地动来动去。

“记住，”霍尔特以平静的口吻对威尔说，“如果必须射箭，对准左肩后面的一点。如果它已经发起冲锋，一箭正中心脏是你唯一的逃生机会。”

威尔点点头，紧张地舔了舔干燥的嘴唇。他微微前倾，安抚地拍了拍塔格的脖子。小马晃了晃脑袋作为对主人的回应。

“还有，跟在阿拉德男爵身边。”霍尔特又提醒了一句，就回包围圈的另一头去了。

霍尔特占据的是最危险的位置，他守在比较缺乏经验——所以最有可能犯错的猎人们身边。如果野猪从他的那一侧突破包围圈，他将负责追上去并杀死野猪。他将威尔安排在阿拉德男爵和经验丰富的猎人们身边，一个相对比较安全的位置。如此一来，威尔和贺拉斯就离得很近了。罗德尼爵士将他的学徒安排在他自己和阿拉德男爵中间，毕竟，这也是贺拉斯的第一次狩猎，战斗大师可不想冒任何不必要的风险。贺拉斯这次主要是来观摩学习的。如果野猪朝这个方向冲来，那么就由阿拉德男爵或罗德尼爵士来对付它好了。

贺拉斯抬头看了一眼，正好与威尔目光相交。他的眼神中不仅没有敌意，甚至还勉强冲威尔笑了笑。威尔看到贺拉斯一遍又一遍地舔嘴唇，意识到他其实和自己一样紧张。

霍尔特又打了一个手势，包围圈渐渐朝灌木丛收缩了。随着包围圈进一步缩小，威尔已经看不见他的导师和其他靠近巢穴另一侧的猎人了。塔格始终非常紧张。威尔知道，那头野猪还在灌木丛中。不过塔格毕竟训练有素，在威尔催动它缓步前行时，它仍旧听令行事。

灌木丛中传出一阵低沉的咆哮，威尔浑身的汗毛都竖了起来。他以前从来没听过一头暴躁的野猪会发出怎样的叫声。那是一种介于咕哝和尖啸之间的声音。猎人们的脚步暂缓了片刻。

“它就在里面！”阿拉德男爵兴奋地叫道，冲威尔咧嘴一笑，“希望它冲到这边来，好不好，孩子们？”

威尔一点儿也不希望野猪冲到这边来。如果野猪朝另一头冲出去，那可就太好了。

但阿拉德男爵和罗德尼爵士却兴奋地笑着，好像又回到了十几岁的年纪，各自架好了他们的野猪矛。正如霍尔特所说的，他们享受这场狩猎。威尔也迅速地从肩上解下弓，将箭搭在弦上。他轻轻地摸了摸箭镞，确认它仍像刀尖一样锋利。他感到自己喉咙发干，如果这时有人找他搭话，他那干哑的嗓子可能发不出任何声音。

猎犬拼命想要挣脱缰绳，兴奋的犬吠声在树林里激起一阵阵回响。那刺耳的叫声激怒了野猪。伴随着猎犬的不断吠叫，威尔现在已经能够听到野猪的獠牙又大肆冲撞破坏大树和灌木的声音了。

阿拉德男爵转向驯犬师伯特，做了一个手势，让他把狗放出去。

矫健的猎犬急忙奔过林间的空地，钻入树丛，几乎是瞬间就消失了。这群凶猛的猎犬正是为了狩猎野猪而专门豢养的。

树丛里传出了难以形容的声音。狗群的狂吠声中夹杂着野猪恐怖的怒吼，灌木丛和矮处的树枝在厮打中折断了一片，噼啪作响。整片灌木似乎都在抖动。

突然，野猪冲到了空地上。

它闯入了包围圈的中央，恰在霍尔特和威尔中间。伴随着一声狂暴的尖啸，它甩脱了挂在身上的一条猎犬，停了片刻，便急速朝猎人们冲去。

正对着野猪的年轻骑士丝毫没有惊慌。只见他镇定地单膝跪下，将长矛的横档插在地上，把闪亮的矛尖对准了朝他冲过来的野猪。

野猪此时已没有时间再掉转方向，直接撞上了矛尖。它立起身子，痛苦而愤怒地吼叫着，试图甩脱胸前这柄精钢制成的凶器。但是年轻的骑士冷酷地握紧矛柄，将长矛用力地固定在地上，决不给这头狂暴的野兽摆脱的机会。

威尔紧张地睁大了眼睛，看着粗壮的白蜡木矛柄在野猪的冲击下弯得好像一把弓，随后，那精心锻造的尖头一下子扎进了野猪的心脏。一切都结束了。

在发出最后一声咆哮后，野猪巨大的身躯倒向一旁，再也不动了。

这具布满刚毛的身体几乎和马一样大，每一寸都虬结着肌肉。凶狠的大嘴上那一对向后挑起的獠牙如今也无力地委顿在地，上面沾满了它在狂怒之中挑起的泥块以及至少一条猎犬的鲜血。

威尔看着地上的野猪，不由得打了一个寒战。如果野猪都是这副模样，他想，他一时半会儿可不想见到第二头了。

第 20 章

惊险时刻

其他猎人都靠拢过来，亲切地拍了拍那个刚刚刺死了野猪的年轻骑士，表示祝贺。阿拉德男爵也朝他走去。在路过塔格身边时，他停下脚步，抬头看着威尔。

“威尔，往后很长一段时间里我们都见不着这么大的野猪啦。”他粗声粗气地说，“真可惜它没往我们这边来。我也想要这么大一头战利品呢。”然后他朝罗德尼爵士和围在野猪尸体旁的战士们走去。

这样一来，就只剩下威尔和贺拉斯在这里大眼瞪小眼了。几个星期的冷战让此时的两个人陷入了一阵尴尬的沉默，谁也不愿先开口。贺拉斯依然沉浸在早晨狩猎的兴奋当中，他的心怦怦直跳，还没从第一次见到野猪的激动中恢复过来。他想要和威尔分享这一时刻。与他们今天经历的惊险一刻相比，六个星期前那场幼稚的争吵显得不值一提，何况现在他对自己当时的失态也很内疚。不过他一时不知道该说些什么来表达自己的感受，而威尔也并未表现出任何希望和解的迹象，他只能耸耸肩，准备越过塔格去祝贺那名年轻的猎人。就在此时，塔格突然绷紧了身子，立起了耳朵，发出了一声警告的嘶鸣。

威尔回头朝树丛中望去，刹那间，他感到自己的血液凝固了。

茂密的灌木丛外站着另一头野猪，块头甚至比倒在雪地上的那头野猪还要大。

“小心！”威尔大叫一声，而那头巨大的野猪已经开始用獠牙猛刨地面了。

现在的情况糟透了。猎人们的包围圈已经散开，大部分人都跑到了死去的野猪身边，围着它啧啧称奇，祝贺那名英勇的猎人。现在，只有威尔和贺拉斯还停留在第二头野猪的冲锋路线上——而主要原因是贺拉斯刚刚犹豫了几秒钟。

听到威尔的呼喊，贺拉斯立即转过身来。他看了看威尔，又转头看到了他们面前的新危险。那头野猪低下头，再次用獠牙刨了刨地面，然后冲了过来。一切都发生在电光石火之间。上一秒它还在刨地，下一秒它就已经冲到他们面前了。贺拉斯毫不犹豫地挡在了野猪和威尔之间，面朝野猪，像罗德尼爵士和男爵那样架起了长矛。

但就在此时，他在结冰的雪地上滑了一跤，无助地侧翻在地，长矛也脱手了。

生死就在眨眼之间。手无寸铁的贺拉斯已经完全暴露在野猪那对凶残的獠牙面前。说时迟，那时快，威尔一脚踢开马镫，翻身下地，同时拉满弓弦，朝野猪射出了一箭。他知道手里的这把小弓不可能阻止野猪疯狂的进攻，他所能做的就是尽量引开这头畜生的注意力，好让它放过那个摔倒在地的男孩。

在射出一箭后，威尔立即朝远离贺拉斯的方向跑去。他扯着嗓子大叫了几声，又朝野猪射出了一箭。

两支箭扎在野猪厚实的外皮上，像针垫上刺出的两根针。它们没有造成太大的伤害，但一阵阵像烧红的匕首扎入皮肉的刺痛激怒了野猪。它瞪着一双通红的眼睛，紧紧盯着那个又叫又跳的小个子，朝他发起了冲锋。

没有时间再射一箭了。贺拉斯暂时安全了，威尔却陷入了危险。他几步冲向身边的一棵大树，闪身躲到树后，将将避开了野猪的冲锋。真是千钧一发！

野猪狂怒的冲锋使它一头扎到了树上。它巨大的身躯撞在树干上，整棵树都扑簌簌地抖动起来，树枝上的积雪如雨点般倾泻而下。

奇怪的是，野猪并未受到太大的影响。它后退几步，再次朝威尔冲了过去。这一次，小个子男孩再次如一阵风般绕过树干，勉强避开了那对凶猛獠牙的进攻。

这头巨兽愤怒地咆哮着，借助雪地湿滑的惯性原地打了个转，又一次朝他奔来。这一次，它放慢了速度，不再给威尔在最后关头突然转向躲避的机会。它一路小跑着，一双眼睛被怒火烧得通红。它左右摇摆着那对骇人的獠牙，炽热的呼吸在冰冷的寒风中化作了一团团蒸气。

威尔听到身后传来猎人们的呼喊，但他知道他们已经来不及赶来救他了。他拉弓搭弦，又射出了一箭，但此时野猪正朝他直冲而来，他知道自己不可能射中它的要害。

这时，雪地上传来一阵低沉的蹄声，一个毛茸茸的小身影朝着暴怒的野兽直冲了过去。

“不，塔格！”威尔吓坏了，用沙哑的声音大吼道。但塔格仍旧不管不顾地冲了上去，在冲到和野猪还有一小段距离时，它突然转向，扬起后蹄，用力一蹬。塔格的后蹄狠狠击中了野猪的肋骨，它用尽了全身的力气，将那头巨兽踢翻在雪地上。

野猪几乎是立刻就爬了起来，比刚才更显暴怒。塔格的一击令它失去了平衡，但并未造成太大的伤害。现在，野猪昂起獠牙，对着塔格胡乱攻击。塔格恐惧地嘶鸣着，左躲右闪，才勉强避过那一对锋利的獠牙。

“塔格，快跑！”威尔再次大喊起来。他的心提到了嗓子眼儿。如果那对獠牙刺到了塔格小腿上脆弱的肌腱，它就要终身残疾了。他不能袖手旁观，眼睁睁地看着爱马为了自己落入那样悲惨的境地。他又射了一箭，然后从腰带上拔出双刀中较长的那一把，穿过雪地，朝那头狂暴的野兽扑去。

第三支箭射中了野猪的侧面。这一箭仍然没有射中要害，只是为它多添了一道伤口。威尔一边跑一边大叫着吸引野猪的注意，同时驱使塔格快点儿离开。野猪也看到了威尔，它认出了这个最开始激怒自己的可恶的小个子。它杀红了眼，充满仇恨地盯着威尔，低下头，准备发起最后一次杀戮冲锋。

威尔看到了野猪结实的后腿上节节隆起的肌肉。他离附近的掩体都太远了，现在，他只能在这个空荡荡的地方正面迎战。他单膝跪地，绝望地将那把锋利的游侠佩刀横在身前，准备抵挡野猪的冲锋。他隐约听到了贺拉斯声嘶力竭的吼叫，这名战士学徒手持长矛冲了上来。

就在此时，一阵低沉的破空之声阻止了野猪冲锋的脚步，紧接着是一声响亮、干脆的“噗”。野猪突然立起身子，蹒跚了几步，然后痛苦地扭动着身体倒在雪地上，一动不动了。

这支长柄重箭几乎整根没入野猪的肩胛，那是霍尔特拉满了长弓射出的一箭。这一箭从野猪的左肩射入，箭头直接刺穿了它硕大的心脏。

正中靶心。

霍尔特在飘飞的雪花中勒住阿伯拉德，翻身下马，用双臂拢住了仍在颤抖的男孩。威尔如释重负地将脸埋进霍尔特的粗布斗篷里。他不想任何人看到自己满脸的泪花。

霍尔特轻轻接过威尔手里的佩刀。

“你指望着用这个拦住野猪？”他说。

威尔摇摇头。他已经说不出话来了。他感到塔格正用软乎乎的鼻子轻轻蹭自己。他抬起头，正对上那双充满智慧的大眼睛。

猎人们也围了过来，四周一片混乱。他们一边惊叹于第二头野猪的体形之大，一边也不忘拍拍威尔的背，称赞他勇气可嘉。威尔小小的身子被围在人群当中，尽管他忍了又忍，泪水还是不争气地流了下来。

“两头狡猾的畜生。”罗德尼爵士用靴子踢了踢地上的野猪，说道，“我们一直以为只有一头野猪，因为它们从不同时出现。”

威尔感到有一只手搭上了自己的肩膀，一回头，正对上贺拉斯的眼睛——战士学徒缓缓地摇了摇头，满脸都写着钦佩和难以置信。

“你救了我一命。”他说，“这是我见过的最勇敢的壮举。”

威尔作出一副小事不值一提的样子，但贺拉斯执意要说下去。贺拉斯想起自己过去是如何嘲笑、欺负威尔的，而刚刚，正是这个小个子男孩毫不犹豫地挺身而出，将自己从那对凶残的獠牙下解救了出来。然而，贺拉斯却忘了，他自己刚刚也奋不顾身地挡在了冲锋的野猪和威尔之间——贺拉斯也成长了。

“但是，威尔，为什么？毕竟我们……”贺拉斯没有把话说完，但威尔已经明白了他的意思。

“贺拉斯，或许我们过去经常打架，”他说，“但我并不讨厌你。我从来没有讨厌过你。”

贺拉斯点点头，露出了然的神情。然后他似乎做出了一个决定。“我欠你一条命，威尔。”他坚定地说道，“我决不会忘记你的恩情。无论何时，只要你需要朋友的帮忙，尽管来找我。”

两个孩子默默地对视了片刻，贺拉斯先伸出了手，威尔握住了他的手。周围的骑士们肃静地见证着这两个孩子的重要时刻，谁也不愿出声打断。阿拉德男爵走上前来，一边一个将两个孩子揽入怀中。

“你们俩说得好！”阿拉德男爵大声说道。周围的骑士也都齐声称好。

阿拉德男爵开心地笑了起来。总的来说，这真是一个完美的早晨。一切有惊无险。他们猎到了两头野猪，而城堡里的两个孩子建立了一种特殊的关系——同生共死的友情。

“我们有两个小男子汉！”他对大家说道，大家也都纷纷附和，“霍尔特、罗德尼，你们应该为这一对好学徒感到骄傲！”

“我们很骄傲，大人。”罗德尼爵士答道。他朝贺拉斯赞许地点点头。他看到了贺拉斯如何毫不犹豫地上前阻挡野猪的冲锋，也很赞赏贺拉斯能主动向威尔示好。他还记得这两个孩子曾在丰收节大打出手，而现在，那些幼稚的争吵都已经过去了。对于当初同意贺拉斯加入战斗学校这件事，他现在满意极了。

而霍尔特什么也没说。但是威尔望向他的导师时，只看到须发花白的游侠望着他的眼睛，轻轻点了点头。

威尔知道，轻轻的一个点头对不苟言笑的霍尔特来说就等于三次振臂欢呼了。

第21章

备战大聚会

狩猎野猪之后又过了几天，威尔发现人们对待自己的态度发生了很大的变化。当他走过时，人们看他的眼神和与他说话的态度中都流露出尊重，甚至崇拜。其中，村民态度的变化尤为明显。这些普通人过着日复一日的乏味生活，少有什么新奇的经历，以至于稍有什么不同寻常的事，都会被他们添油加醋、大加宣扬。

事情过去一周之后，传闻已经变得越来越离谱了。他们说，两头野猪一冲出灌木丛，就被威尔一手一只地制伏了。再过上几天，你几乎可以相信威尔练就了“一箭双猪”的神技，他只射出了一箭，就连续刺穿了两头野猪的心脏。

“我根本没做什么。”这天晚上，坐在树林旁的小屋里围着温暖的壁炉取暖时，威尔如此对霍尔特说道，“我的意思是，我当时根本没想那么多，就是不知怎的站出来了。而且，杀死野猪的明明是你，而不是我。”

霍尔特随意地点点头，目不转睛地盯着壁炉里跳跃的黄色火焰。

“随他们怎么想吧。”他静静地说，“不要太在意。”

然而，威尔还是对人们的过分追捧感到很苦恼，觉得他们实在是太过夸张了。他当然喜欢听到别人的夸奖，但前提是“恰如其分的夸奖”。他知道自己做了一件值得夸奖甚至值得尊敬的事，但传闻里的威尔完全变成了一个幻想中的英雄，这让本性诚实的威尔感到名不副实，他更不会为此感到骄傲。

还有一点令威尔感到尴尬，那就是只有少数几个人看到了贺拉斯曾经无畏地挡在他和冲锋的野猪之间，他正是其中之一。他特地向霍尔特说起过这件事，希望游侠能够和罗德尼爵士提一句，也好表扬表扬贺拉斯英勇的行动，但霍尔特只是点了点头，告诉威尔：“罗德尼爵士是知道的，他几乎目睹了全过程。比起肌肉发达的普通战士，他算是头脑比较清醒的。”

既然霍尔特已经这样说了，威尔也只能作罢。

在城堡周围，战斗学校的骑士和另外几名技艺大师及其学徒对待威尔的态度也有了一些变化。对于威尔的优秀表现，人们直接表示认可，这让他很高兴。他注意到现在大家都认识他了，有时他和霍尔特一同到城堡去办事，人们会和霍尔特打招呼，也会和他打招呼。男爵也比过去更为友善，毕竟城堡抚养院里出了这样一个小英雄，让他颇感满意。

而威尔只想和贺拉斯好好聊一聊这件事。可惜他们的日常活动几乎没有交集，所以他一直没有找到机会。威尔很想告诉贺拉斯，他并不喜欢当前在村民中流传的那些故事，而且他也不希望他的老朋友以为自己也参与了这些风言风语的传播。

与此同时，威尔的课程和训练也在加速进行。霍尔特告诉他，他们马上就要启程去参加游侠们一年一度的大聚会了。

届时，全国五十名游侠将齐聚一堂，交换消息，讨论王国当前遇到的各种问题并制订相应的计划。对威尔来说更重要的是，他们也会对游侠的学徒们进行一次评估，以确定他们是否适合进入第二年的训练。不幸的是，威尔到现在只接受了七个月的训练。如果他不能通过今年的大聚会评估，他就要等到第二年通过评估才能进入下一阶段的训练了。为此，威尔每天从早到晚废寝忘食地练习，星期六的休息早已成为一种被遗忘的奢侈。他勤奋地练习在各种各样的环境里，以站姿、跪姿、坐姿，向不同大小的目标射箭，甚至要练习从树丛的隐蔽处射箭。

他要练习刀法，同样是练习以站姿、跪姿和坐姿来投掷小刀，向左投掷，向右投掷。他还要练习投掷较大的那一把刀，学习如何用刀柄击中目标。毕竟，正如霍尔特所说的，有时你只需要把人打晕就行了，所以，这个招式也需要练习。

潜行技巧的修炼也必不可少。他学会了如何在确信自己已经被发现的情况下依旧沉住气，岿然不动，也知道了其实在大多数情况下，除非他主动采取行动暴露踪迹，否则人们根本不会注意到他。他学习了搜寻技巧，即让自己的目光扫过一片区域，随后立即再反向检阅一遍，以发现任何细微的差别。他还学习了善后技巧，即作为大部队的后方侦察员，隐蔽地跟在大部队后面，以确保抓到任何可能尾随大部队的敌人——在大部队经过后，他们往往会放松警惕，从掩体中现形。

他和塔格一同训练，这迅速加深了他和塔格之间的亲密感情。他学会了利用塔格敏锐的嗅觉和听觉侦测身边的危险，也学会了读懂塔格在经过训练后向骑手发出的特定信号的含义。

因此，在一天的练习结束后，威尔并没有踏上前往红山堡的蜿蜒小路去找贺拉斯，也就不足为奇了。他知道以后总会有机会的。他只希望罗德尼爵士和战斗学校的其他同学能够对贺拉斯的英雄行为给予他应得的肯定。

不幸的是，对贺拉斯来说，没有什么比真相更遥不可及的了。

罗德尼爵士同样对这名身高体壮的年轻学员感到困惑。他似乎具备成为一名战斗学校优秀学员的一切素质——他英勇无畏，令行禁止，在武器训练中更是表现出了卓越的技巧。但他的课业完成得一塌糊涂，作业要么迟交，要么敷衍了事。上课时他很难集中注意力听讲，仿佛总在想什么别的事。最重要的是，他似乎有点儿好勇斗狠的倾向。尽管没有一名老师亲眼见过他跟谁动手，但他身上总是会出现来路不明的瘀伤和细小的挫伤。他在班上没有亲密的朋友，其他同学好像都在有意避开他。所有这一切使得他在外人看来就是这样一个形象：剑术不错，但好斗、懒惰、不合群。

考虑到所有这些情况，尽管战斗大师非常不情愿，但他还是不得不开始考虑是否要将贺拉斯从战斗学校开除。所有证据似乎都指向了同一个结论，但他的第六感告诉他，其中一定有什么问题，背后一定有什么不为人知的原因。

实际上，造成这一切的原因有三个：阿尔达、布林、杰罗姆。正当战斗大师为他的新学徒忧心不已时，这三个恶棍又一次堵住了贺拉斯。

每当贺拉斯找到一个可以暂时躲避他们的地方，不出几天，这三个高年级学员就会闻风而至。这对他们来说并不难，因为他们已经通过恐吓，在低年级学员中建立了一个校内外的密探和线人情报网。这一次，他们在军械库后面堵住了贺拉斯，这是他几天前才发现的一个僻静的角落。他的背后是军械库的石墙，那三人呈半圆形堵在他前面。他们每人手里都拿着一根粗粗的木棍，阿尔达的胳膊上还搭着一个沉甸甸的布袋。

“我们找你好久了，宝宝。”阿尔达说。贺拉斯没有搭话，他的眼神在几个人身上来回移动，不知道谁会率先发难。

“宝宝给我们丢大脸了。”布林说。

“让整个战斗学校都丢大脸了。”杰罗姆说。贺拉斯疑惑地看着他们，不明白他们是什么意思。不过，阿尔达的下一句话就说得很明白了。

“得有人把宝宝从野猪大坏蛋的手里救出来呀！”他说。

“原来救出宝宝的竟是个鬼鬼祟祟的毛贼学徒。”布林的嘲讽溢于言表。

“宝宝这样搞得大家都很难堪啊！”杰罗姆一把将贺拉斯推到他背后粗糙的石墙上。杰罗姆脸色通红，显得很是气恼，但贺拉斯知道他是在装模作样、虚张声势。贺拉斯垂在两侧的手不自觉地攥了起来，但是被杰罗姆看到了。

“别想吓唬我，宝宝！你该长点儿教训了。”说着，杰罗姆气势汹汹地走上前，贺拉斯转过脸面向他，然后立即意识到自己犯了一个错误。杰罗姆只是个诱饵。真正的攻击来自阿尔达，没等贺拉斯反应过来，他就用麻袋一把套住了贺拉斯的脑袋，还往下拽了拽，然后迅速拉住了袋口的绳子。这样一来，贺拉斯腰部以上都被困在麻袋里，无法视物，也无法反抗。

贺拉斯感到有人把那几条绳子拉到他的肩膀上系住，然后围殴开始了。

三个高年级男孩手中沉重的木棍如雨点般落下，贺拉斯无法反抗，只能跌跌撞撞地闪避。他一头撞到了石墙上，摔倒在地上，因为胳膊也被困在麻袋里，他甚至无法伸出手臂撑一下。殴打还在继续，三个男孩宣泄着仿佛没有尽头的仇恨，木棍不停地落在贺拉斯毫无保护的头上、手上和脚上。

“让你的毛贼朋友再来救你啊，宝宝。”

“这就是你让我们丢了大脸的惩罚。”

“你得学学别给战斗学校抹黑，宝宝。”

贺拉斯在地上徒劳地扭动翻滚，试图躲开不断落下的棍子。这是这么久以来他挨的最毒的一顿打，三个人好像永远也不会停手，直到贺拉斯终于不再挣扎——真是谢天谢地。他们每个人又打了几下，阿尔达这才扯掉贺拉斯头上的麻袋。贺拉斯颤抖着深深地吸了一口新鲜空气，他感到自己身上的每一个地方都疼痛难忍。布林的声音仿佛从很远的地方飘了过来。

“现在，咱们也该去给那个小毛贼上一课了。”其他人大笑着附和起来，他们的声音渐渐远去了。贺拉斯发出低沉的呻吟，他多么渴望能就这样昏过去，不省人事，沉入那温暖黑暗的怀抱，让身上的痛楚消失——哪怕只是消失片刻。

然而，布林的话像一记重锤，把他惊醒了。他们现在要去找威尔的麻烦，多可笑，因为他们认为威尔救了贺拉斯的行为是在给他们和战斗学校抹黑。贺拉斯聚起全身的力气，推开黑暗的怀抱，颤颤巍巍地站了起来。他倚在墙上，发出痛苦的喘息，胸膛上下起伏，眼前直冒金星。他想起了他对威尔的诺言：只要你需要朋友的帮忙，尽管来找我。

现在是时候履行他的诺言了。

第22章

自食恶果

威尔正在小屋后的一片草坪上练习射箭。草坪上立着四个不同射程的靶子，他正随机朝四个靶子交替射箭，但从不连续两次射向同一个目标。霍尔特到男爵办公室去了，他们要讨论一份国王送来的急件。临走前，他给威尔布置了这个练习。

“如果你朝一个目标连续射出两箭，”他说，“你会不由自主地根据第一箭的情况来校准第二箭的方向和高度。这样一来，你就永远培养不出射箭的手感，总是想要先射一箭来找准目标。”

威尔同意霍尔特的说法，但这并未让练习变得更容易些。为了提高难度，霍尔特还规定他每两箭之间的间隔不得超过五秒。

威尔微微蹙眉，全神贯注地瞄准目标，然后连续射出了五箭。

五支箭羽接连不断地越过草坪，啪啪啪地钉入靶子。威尔的箭袋又空了，这是今天早上的第十次了。他停下练习，查看箭靶的情况。他满意地点了点头。没有一箭脱靶，而且大部分箭头都集中在内圈和靶心上。他的箭术日益精进，这也向他证明了不断练习的价值。当然了，他并不知道，以他现在的箭术，放眼整个王国，除了游侠组织，已经没有几个人是他的对手了。即便国王的弓兵队也不会对每一箭的速度和精度做这样严格的要求。弓兵队往往作为一个集体行动，通过发射密集的箭雨阻遏进攻的敌军。因此，他们的训练更多地着眼于全队的协同性，即练习同时射出大量的箭矢。

威尔正准备放下弓去收拾箭矢，听到背后传来了一阵脚步声。他转过身，有些意外地看到来人是三名战斗学校的学员，红色的外套表明他们是二年级的学员。他不认识三人中的任何一人，但还是友好地点了点头。

“早上好。”他说，“有何贵干？”

在离城堡这么远的地方遇上战斗学校的学员很不寻常。他注意到他们每个人都拿着一根粗粗的木棍，便断定他们一定是徒步爬山而来的。距离威尔最近的是一名英俊的金发少年，他微微一笑，开口道：“我们正在找游侠的学徒。”

威尔忍不住报以微笑。毕竟他身上穿着的游侠斗篷已经清楚地表明了他的身份，也许面前的学员只是出于礼貌才有此一问。

“我正是游侠的学徒。”他说，“有什么事吗？”

“我们有一个战斗学校的口信要带给你。”金发少年说。

和所有战斗学校的学员一样，金发少年身材高大，肌肉发达，他的两名同伴也是如此。他们朝威尔步步逼近，威尔本能地向后退了一步。他意识到他们靠得实在太近了，只是传一个口信根本用不着这样。

“是关于上次野猪狩猎的事。”另一人说道。他长着一头红发，脸上布满雀斑，鼻梁骨有明显的骨折过的痕迹——或许是在战斗学校的频繁演练中折断的。威尔不自在地耸了耸肩。他不喜欢现在的气氛。金发少年仍然笑着，但无论是红发少年，还是第三个人，一个橄榄色皮肤、个子也最高的少年，都露出了一副没什么值得一笑的表情。

“你们知道的，”威尔开口道，“那都是外面的村民瞎传的。我根本没干什么。”

“我们当然知道。”红发少年厉声说道，又朝威尔走近了一步。威尔也相应地又退了一步。霍尔特的训练此时为他敲响了警钟。“千万不要让别人离你太近，”他曾这么对威尔说，“无论他们是谁，无论他们表现得多友善，一定要保持警惕。”

“但是你到处嚷嚷，告诉周围每一个人，说你救了一个战斗学校的大块头傻瓜学员，真令我们颜面无存啊。”高个子男孩说道。

威尔皱着眉望向他。

“我从来没这么说过！”他争辩道，“我——”

就在这时，趁威尔转过头与布林争辩，阿尔达一个箭步上前，迅速将麻袋举起，想要套在威尔头上。这和他们之前对付贺拉斯的方法如出一辙，但威尔已经有所防备。阿尔达身形一动，他就立刻察觉到对方的意图并做出了反击。

威尔的快速反击出乎三人的意料，他径直闯到阿尔达面前，一个翻滚躲到麻袋下方，回身一记扫堂腿，直接将阿尔达撂倒在草坪上。但对方毕竟有三个人，威尔还是无法全身而退。他好不容易避开了阿尔达和布林，刚想翻身站起，杰罗姆已经举起木棍，在他的肩胛骨上重重敲了一下。

威尔被这意外的一击打中，疼得大叫起来。他踉踉跄跄地往前跑，布林此时也已经捡起了木棍，从他的另一侧发起了进攻。阿尔达从草地上爬起来，回想起威尔刚刚让他吃的苦头，也开始猛击威尔的肩膀。

身体的剧痛令威尔呜咽一声，跪倒在地。

三名高年级学员立即一拥而上，将他团团围住，举起手里的棍棒准备开始殴打。

“住手！”

一个意想不到的声音阻止了他们。威尔蜷缩在地，双手抱头，已经做好准备要挨一顿毒打。此时，他闻声抬起头来，看到遍体鳞伤的贺拉斯正站在数码开外的地方，手里还攥着一把战斗学校的训练木剑。他的一只眼睛被打得青肿，血从嘴角流了下来。然而，他的眼神里燃烧着仇恨和不屈，这倒让三个年长的学员一时有些踌躇。他们随即意识到己方有人数优势，而贺拉斯手里的“剑”，说到底，和他们手里的木棍也没有什么区别。他们暂时将威尔抛下，再次朝贺拉斯围了上去，高高地举起了手里的木棍。

“宝宝一路跟着我们呢。”阿尔达说。

“看来宝宝受到的教训还不够。”杰罗姆附和道。

“那就满足宝宝的愿望吧。”布林狂妄地笑道。但紧接着，他发出一声惊叫，一股不知从何而来的强大力道打中了他手里的木棍，木棍脱手飞出，打了几个转儿，落在了几码外的草地上。

他的右边传来了一模一样的惊叫，看来同样的怪事也在杰罗姆的身上重演了。

布林大惑不解地转身去找那两根落地的木棍，却发现每根棍子上都钉着一支黑色的箭，心中生出了一股不祥的预感。

“我想还是一对一比较公平，你说呢？”霍尔特说。

布林和杰罗姆惊恐地抬起头，看到面色冷如冰霜的游侠正站在十码开外的阴影中，那把巨大的长弓上已经搭上了第三支箭。

只有阿尔达不肯服软。“这是我们战斗学校的事，游侠。”他虚张声势地说，“你最好少管闲事。”

威尔从地上慢慢地爬了起来，他看到霍尔特的眼神中闪动着对出言不逊的阿尔达的怒火。有那么一瞬间，威尔几乎要可怜阿尔达了，但肩背上传来的一阵抽痛让威尔立即抛弃了同情他的念头。

“战斗学校的事，是吗，小朋友？”霍尔特的声音低沉而危险。他朝阿尔达走了几步，身形轻快敏捷。还没等阿尔达反应过来，他已经距离阿尔达只有不到一码远了。然而，年轻的学员仍是那副目中无人的样子。霍尔特脸上阴沉的表情令人害怕，但如此凑近一瞧，阿尔达才发现自己比游侠还要高出一头，顿时又嚣张起来了。这么多年来他一直都很害怕这个神神秘秘的男人，如今和他面对面了，阿尔达才意识到游侠竟然如此瘦小。

这是阿尔达今天所犯的第二个错误。霍尔特或许瘦小，但并不瘦弱。此外，霍尔特这一生都在和无数危险的敌人斗智斗勇，战斗学校的一个二年级学员算什么呢？

“我注意到有一个游侠的学徒遭到了袭击。”霍尔特轻声说道，“既然涉及游侠，也不能算管闲事吧？”

阿尔达耸耸肩，自信无论游侠做什么，他都能应对自如。

“那就随你的便吧。”他语带讥讽地答道，“我根本不在乎。”

霍尔特点点头，好像在消化这句话。然后他说：“行，那我就来管管吧。不过，这个就用不着了。”

说着，霍尔特将箭放回箭袋，轻轻将弓甩向一旁，同时转过了身。阿尔达的目光无意识地追随着霍尔特的动作，然后突然感到一阵剧痛。霍尔特后退一步，用靴子的脚跟边缘用力朝阿尔达的足弓和脚踝之间一踩、一碾。阿尔达疼得弯下腰去扶他的脚，这时霍尔特左脚一转，右手肘从下往上一击打在他的鼻子上，把他打得又挺起身来。阿尔达踉踉跄跄地退后了两步，因为疼痛而涌出了泪水。有那么一两秒钟，阿尔达的视线完全被反射性流出的泪水模糊了，再然后他就感到脖子微微一疼。等他再度恢复视物，就看到霍尔特的那双眼睛和自己的眼睛只有几英寸的距离。他的眼神里没有愤怒，取而代之的是全然的蔑视和冷漠。不知为何，阿尔达感到那比愤怒还要可怕。

脖子上的刺痛愈发明显，阿尔达向下瞟了一眼，不禁倒抽了一口冷气。霍尔特那把锋利的大刀正抵在他的下巴下方，轻轻地搭在他脆弱的咽喉上。

“别再用那种语气和我说话，小朋友。”霍尔特的声音很轻很轻，阿尔达不得不竖起耳朵仔细去听，“还有，别再找我的学徒的麻烦，明白吗？”

阿尔达的嚣张气焰早已烟消云散，他的心因为恐惧而怦怦乱跳，一句话也答不上来。霍尔特的刀刃又往前递了递，阿尔达感到有一股热流从衣领下流了出来。霍尔特的眼神倏地亮了起来，像被风吹旺的火炭。

“明白吗？”他又问了一遍。阿尔达只能用嘶哑的声音回答道：“明……明白了……长官。”

霍尔特退后一步，行云流水般地使刀归鞘。阿尔达瘫倒在地，不住地摩挲着受伤的脚踝。他确信伤到筋了。霍尔特没有再看他一眼，而是转身面向另外两名二年级学员。他们本能地贴近彼此，害怕地望着霍尔特，不知道他接下来还要做什么。霍尔特指了指布林。

“你，”霍尔特的语气里透着轻蔑，“捡起你的棍子。”

布林心惊胆战地走到木棍旁边。霍尔特的长箭依然钉在棍子的正中央。布林的目光片刻也不敢离开霍尔特，唯恐他要什么诡计。他跪在草地上，眼睛盯着霍尔特，用手在地上摸索了半天才抓住木棍，然后他站起身，不明所以地将木棍交到左手上。

“现在把我的箭还给我。”霍尔特命令道。肤色黝黑的高个子男孩用力拔出箭，慢慢挪动到霍尔特身前，将箭递了过去。他身上的每一块肌肉都绷得紧紧的，戒备着霍尔特突然发难。然而，霍尔特只是接过箭，将它收进箭袋。布林立即退开了。霍尔特鄙夷地发出一声轻笑，然后转向贺拉斯。

“你身上的伤就是这三个人弄的吧？”他问。贺拉斯沉默了片刻，随即意识到自己的沉默是那么可笑。他没有任何理由继续包庇这三个恶棍。他从一开始就不该包庇他们。

“是的，长官。”他干脆地答道。霍尔特点点头，又摸了摸下巴。

“我猜也是。”他说，“我听说你的剑术很不错。你就和我面前的这位英雄好汉比画比画，怎么样？”

贺拉斯明白了游侠的意思，脸上渐渐绽放出笑容。他向前一步，说道：“我很乐意。”

布林不由得向后退了一步。“等等！”他大喊道，“你不能要求我……”

布林没能把话说完。霍尔特的眼神中又浮现出那种危险的信号，他向前走了半步，手搭在萨克斯刀的刀鞘上。

“你有一根木棍，他也有一根木棍。现在开始吧。”霍尔特发出了命令，他的声音低沉而危险。

发现自己无路可逃的布林只好转身面对贺拉斯。在与贺拉斯一对一的情况下，他突然失去了自信。学校里的每一个人都听说过贺拉斯那不可思议的剑术天赋。

或许是认为进攻是最好的防御，布林率先上前一步，手中的木棍朝贺拉斯的头顶猛地劈落。贺拉斯轻松地举剑一挡。布林又连续劈出两棍，也全都被贺拉斯轻松化解了。在布林紧接着劈出第四棍时，趁着剑和棍尚未分开的瞬间，贺拉斯引剑顺着布林的木棍向下一削。木棍上没有横档可以保护布林的手，坚硬的训练用剑狠狠地斩在了他的手指上。布林痛苦地大叫一声，扔掉木棍，往回跳了一步，痛苦地捂着受伤的手。贺拉斯站在原地，随时准备继续战斗。

“没有人喊停。”霍尔特温和地说。

“但……我已经被缴械了！”布林呜咽道。

霍尔特微微一笑：“是的。但我相信他会让你捡起你的木棍再来一次的，继续。”

布林看看霍尔特，又看看贺拉斯，然后又看看霍尔特。他发现这两个人的脸上都没有丝毫的同情。

“可我不想打了。”布林用细若蚊蝇的声音说。贺拉斯发觉他很难将面前这个畏畏缩缩的懦夫和几个月来使他生不如死的恶棍联系在一起。霍尔特似乎在斟酌布林的话。

“你的抗议我已经收到了。”然后他用爽快的口气说道，“现在继续吧，请。”

布林感到刚刚被斩中的手阵阵作痛，但比伤痛更可怕的是他接下来要面对的情况。毫无疑问，贺拉斯绝不会手下留情。布林弯下腰去捡地上的木棍，眼睛一刻也不敢离开贺拉斯。贺拉斯耐心地等他捡起木棍，摆好姿势，然后突然向前佯攻一步。

布林惊慌地大叫一声，将木棍抛向一边。贺拉斯厌恶地摇了摇头。

“现在谁才是‘宝宝’？”贺拉斯问。布林不敢抬眼看他，瑟缩着垂下了目光。

“如果他是个宝宝，”霍尔特说，“或许你该用戒尺抽他一顿。”

贺拉斯笑了起来。他几步上前，揪住布林的衣领，拽着他转了半圈，然后用训练用剑的剑背噼噼啪啪地打他的脊背。布林围着空地奔逃，企图逃脱贺拉斯无情的鞭笞，然而无论他怎样号叫、扑腾、哭喊，贺拉斯依然牢牢抓着他的衣领，使他无处可逃。最后，等贺拉斯感到自己终于一雪前耻，发泄尽了这些天所受的霸凌、侮辱和痛苦后，终于松开了手。

布林跌跌撞撞地从贺拉斯身边逃开，伏倒在地，因为疼痛和恐惧而抽抽噎噎地哭了起来。

一旁的杰罗姆心惊胆战地目睹了整个过程，知道下一个就该轮到自己了。他悄悄地挪了挪，希望趁霍尔特不注意时溜走。

“再动一下，这支箭就会射穿你。”

威尔学着霍尔特那种平静但充满威胁的语气说道。他已经从最近的靶子上取下了几支箭，并将其中一支搭在了弦上。霍尔特瞥了他们一眼，赞许地点了点头。

“好主意。”霍尔特说，“射他的小腿，准保够疼。”他又瞥了一眼正伏在贺拉斯脚下抽泣的布林，“他受的惩罚差不多了。”说着，他朝杰罗姆一挑食指。

“到你了。”霍尔特说。贺拉斯捡起布林扔在地上的木棍，走上前递给杰罗姆。杰罗姆连连后退。

“不！”杰罗姆瞪着眼睛大叫起来，“这不公平！他……”

“嗯哼，确实不公平。”霍尔特表示同意，“三打一最公平。现在站起来，开始吧！”

威尔过去常听人说“狗急跳墙”，杰罗姆现在正是这副模样。他发起了进攻，而令他惊讶的是，贺拉斯在他狂风暴雨般的攻击下连连后退。这个恶棍步步紧逼，气势如虹。他根本没注意到贺拉斯在格挡他的攻击时是多么从容不迫，甚至不屑一顾。哪怕是他最具威胁的一击也丝毫无法突破贺拉斯的防御，这名二年级学员的每一棍都像是打在了石墙上。

贺拉斯突然强力地挡下了杰罗姆的最后一击，然后不再后退，定在了原地。他们面对面地对峙了几秒后，贺拉斯开始朝杰罗姆逼近。他用左手抓住了杰罗姆的右手腕，让他们手中的武器紧紧顶在一起。杰罗姆的双脚在柔软的草地上不断打滑后撤，贺拉斯则步步紧逼，将他越推越远。然后，贺拉斯用力把剑一挑，杰罗姆就四仰八叉地飞了出去。

有了布林的前车之鉴，杰罗姆知道投降认输绝不是个好主意。因此当贺拉斯开始进攻时，他立刻爬了起来，拼命抵抗。一套眼花缭乱的正手、反手、侧劈和正劈将他打得丢盔弃甲。他奋力挡开了好几下攻击，但贺拉斯闪电般的快攻来势汹汹、锐不可当。贺拉斯的木剑几乎是随心所欲地打在杰罗姆的小腿、手肘和肩膀上。他似乎知道哪些关节打上去最疼。偶尔，木剑的钝头也会戳在杰罗姆的肋骨上，那力度足以造成瘀青，又不至于打断骨头。

最后，杰罗姆也受不了了。他转身逃开贺拉斯的猛攻，扔下木棍，扑倒在地，双手护着脑袋，屁股高高地撅起。贺拉斯停下手，以征询的眼神望向霍尔特。霍尔特做出一个“请”的手势。

“为什么不呢？”他说，“机不可失，时不再来。”

即便如此，在看到贺拉斯朝杰罗姆的屁股踢出那狠狠的一脚后，霍尔特也不由得皱了皱眉。杰罗姆半张脸都埋在泥里，被这一脚踢出去一码多远。

霍尔特捡起杰罗姆掉落在地上的木棍，端详了一会儿，好像在感受它的重量和平衡。

“确实不是什么趁手的武器。”他说，“不知道他们为什么会选择用这个。”说罢，他将木棍抛给阿尔达，“到你了。”

被叫到名字的金发少年仍然蜷在草地上，摩挲着受伤的脚踝。他难以置信地看着霍尔特抛过来的木棍。血从他被打歪的鼻子里流了下来。他那张英俊的脸算是毁了，威尔想。

“但……但是……我受伤了！”他一瘸一拐地站了起来，大声抗议道。他不敢相信霍尔特居然也要他领受他刚刚全程目睹的严厉惩罚。

霍尔特顿了顿，仿佛刚刚没有考虑到这一点。有那么一瞬间，阿尔达的心中升腾起一线希望。

“受伤了。”霍尔特喃喃道，“你受伤了。”他看上去有些失望，阿尔达开始祈祷霍尔特能有一些公平精神，让他免受刚刚降临在朋友们身上的责罚。霍尔特随即露出了豁然开朗的表情。

“等等。”他说，“贺拉斯也受伤了。是不是，威尔？”

威尔笑了起来。“没错，霍尔特。”他说。阿尔达心中的希望破灭了。

霍尔特转向贺拉斯，作出一副担忧的表情：“贺拉斯，你的伤势不至于严重到没有办法继续吧？”

贺拉斯也笑了。他的眼睛里流露出一种前所未有的发自内心的笑意。“噢，没那么严重。”他说。

“很好，那就没问题了！”霍尔特轻松道，“让我们继续吧！”

阿尔达知道自己也逃不掉了，便面对贺拉斯，做好了决斗准备。

阿尔达是三个恶棍中剑术最好的，因此在最开始的几分钟里，他还能与贺拉斯斗得有来有往。但几个回合的攻防下来，他很快意识到贺拉斯的剑术远在自己之上。现在，他感到自己只能出奇制胜了。

他甩开贺拉斯的纠缠，改变了手持木棍的方式——不像执剑，而是像手持铁头长棍一样用双手握住木棍两侧——然后左右翻飞，打出了一套快攻。

有那么几秒钟，贺拉斯被打了个措手不及，向后退了两步。随后他立即恢复过来，挥剑朝阿尔达的头顶劈下。二年级学员做出了使用长棍时的标准应对动作，握住长棍的两头，以中间部分格挡落下的剑刃。这在理论上是完全行得通的策略，但在这场较量中，山核桃木制的训练用剑直接将木棍劈成了两段。阿尔达呆立在原地，手里拿着已经毫无用处的两截木头。他已经完全失去了斗志，松开了手里的木棍，垂头丧气地站在贺拉斯面前。

贺拉斯看了看几个月来欺凌自己的这个恶棍，又看了看手里的剑。

“我不需要这个。”他喃喃说着，放下了手里的剑。

他的右手挥出一拳，击中了阿尔达的下巴。他出拳的距离只有七八英寸远，但他用上了肩膀乃至全身的力量，还有数月来他所遭受的所有痛苦和孤独——那种只有遭到霸凌的人才能体会的孤独。

看到阿尔达腾空向后飞起，重重摔倒在他那两个朋友身边，威尔微微瞪大了眼睛。他想起自己以前经常跟贺拉斯打架。要是他早知道贺拉斯能打出这样的一拳，他决不会跟贺拉斯打起来。

阿尔达躺在地上，一动也不动。有可能他一时半会儿也动不了了，威尔想。贺拉斯向后退了一步，转动着瘀青的手指关节，满足地叹了一口气。

“你不知道这有多痛快。”他说，“谢谢你，游侠。”

霍尔特点了点头：“谢谢你在他们攻击威尔时站了出来。顺便一提，我的朋友们都叫我霍尔特。”

第23章

游侠吉朗

在与那三个恶棍最后一次见面后又过了几个星期，贺拉斯发现他在战斗学校的生活发生了翻天覆地的变化。

最主要的原因当然是阿尔达、布林和杰罗姆三个人被战斗学校开除了——而且不仅是被逐出战斗学校，他们还被逐出了红山堡和邻近的村庄。一段时间以来，罗德尼爵士一直怀疑低年级学员里出了什么问题。霍尔特在一次低调的拜访中向他表明了问题的症结所在，后续的调查也使贺拉斯这几个月来遭受的迫害得以大白于天下。罗德尼爵士果断地做出了决定。这三名二年级学生只有半天的时间来收拾行李，然后就被遣送到领地的边界。在收到一小笔路费和一周的补给品后，他们被告知以后永远不得踏上这片领地。

在三人组被赶走后，贺拉斯的处境大为好转。战斗学校的日常学习依然严苛而富有挑战性，但没了阿尔达、布林和杰罗姆带来的额外负累，贺拉斯发现自己完全可以轻松应对学校的操练、训导和课业。他很快开始发挥罗德尼爵士一早就在他身上发现的潜力。此外，由于不必再顾虑三人组的报复，他的室友们也变得热情友好多了。

简而言之，贺拉斯觉得一切都在好转。

唯一令他感到有些遗憾的是，他还没能好好感谢霍尔特给他的生活带来的改变。在草坪上发生的事情过后，他就一直被关在医务室里疗养，直到身上的青肿瘀伤渐渐痊愈。等他终于获准出院时，霍尔特和威尔已经启程前往游侠的大聚会了。

"我们快到了吗？"这是威尔今天早上第十次发问。

霍尔特有些恼火地叹了一口气，但没有回答。他们已经出发三天了，在威尔看来，他们一定十分接近聚会地了。在过去的一个小时里，他好几次注意到空气中弥漫着一种陌生的味道。他把这个发现告诉了霍尔特，而霍尔特只是简单地告诉他："那是盐的味道，我们现在离海边很近了。"随后，他便不再搭话。威尔不时地偷偷瞟自己的导师一眼，希望他能够屈尊为自己解惑，然而霍尔特只是以敏锐的目光扫视着前方的道路。威尔注意到，霍尔特时不时会抬起头，观察两旁的树木。

“你是不是在找什么？”威尔问。霍尔特从马鞍上转过身来。

“你总算问了一个有用的问题。”他说，“没错，我是在找东西。游侠的统领会在聚会地附近设置岗哨，我总是喜欢在靠近岗哨时要一要他们。”

“为什么？”威尔问。霍尔特勉强挤出一个极不容易被发觉的笑容。

“这能让他们保持警觉。”他解释道，“他们会试着溜到我们后面，跟着我们走进会场，然后可以宣称我们中了他们的埋伏。他们对这个愚蠢的游戏乐此不疲。”

“为什么说愚蠢？”威尔又问。这听上去就像他和霍尔特经常会进行的技巧训练。头发斑白的霍尔特从马鞍上转过身，眼睛一眨不眨地盯着威尔。

“因为他们从来没有成功过。”霍尔特说，“今年他们一定会更加努力地尝试埋伏我们，因为他们都知道我新收了一名学徒。他们想探探你的深浅。”

“这也是考验的一部分吗？”威尔问。霍尔特点点头。

“这是考验的第一关。还记得我昨晚是怎么和你说的吗？”

威尔点点头。在过去的两个晚上，霍尔特都在篝火旁轻声指导和建议威尔该如何在大聚会上表现。昨天晚上，他们针对霍尔特刚刚提到的“埋伏”制定了一套战术。

“我们什么时候——”威尔刚开口，就看到霍尔特突然警觉起来。他竖起一根手指示意安静，威尔立即闭上了嘴。霍尔特的头微微侧了侧。两匹马依然健步不停。

“听到了吗？”霍尔特问。

威尔伸长了脖子。他听到——似乎听到——他们的身后传来了微弱的马蹄声，但他并不确定。他们这两匹马的蹄声掩盖了后方传来的声音。如果真的有人跟着他们，那么那个人的马的每一步一定是刻意跟随这两匹马的步伐。

“改变步伐。”霍尔特压低声音道，“步伐三。一、二、三。”

两个人同时用左脚轻轻碰了碰胯下坐骑的左肩。这是塔格和阿伯拉德在训练中学习过的众多信号之一。

两匹马立即停了一步。它们出现了一拍的停顿，然后又继续平稳地行进。

但是那一拍的停顿改变了蹄声的节奏，就在那个瞬间，威尔清楚地听到他们身后还有另一匹马的蹄声，像是一连串慢了一拍的回响。随即，那一匹马也迅速调整了步伐，跟上了他们的节奏。现在，不和谐的蹄声消失了。

“是游侠的马。”霍尔特轻声说道，“肯定是吉朗。”

“你怎么知道？”威尔问。

“只有游侠的马能那么快地改变步伐。至于为什么是吉朗，因为每次都是吉朗。他就喜欢找我的麻烦。”

“为什么？”威尔问。

霍尔特严肃地看着威尔。“因为他是我的上一任学徒。”他解释道，“不知道为什么，上一任学徒总想让他们以前的导师出出丑。”说罢，霍尔特以责难的眼神望着他的现任学徒。威尔刚准备辩解说自己决不会在毕业后这么捉弄导师，但他立即意识到他一定会这么做，而且一逮到机会就要这么做。于是，他把刚到嘴边的辩解又咽了回去。

霍尔特做了一个安静的手势，目光扫了一眼面前的小路，然后伸手一指。“就在那里。”他说，“准备好了？”

前方小路的一旁长着一棵参天大树，茂密的树枝就垂落在他们的头顶上。威尔仔细研究了一会儿，然后点了点头。塔格和阿伯拉德继续以平稳的步伐朝那棵树前行。在快要靠近那棵树时，威尔踢掉马镫，爬上马鞍，蹲伏在塔格的背上。在威尔变换姿势的同时，塔格的步伐依旧分毫不乱。

他们经过树枝下方时，威尔伸手抓住了最低的一根树枝，一跃而上。就在他离开马背的瞬间，塔格的蹄子更加用力地踏在地上，并以同样有力的步伐继续前行。这样一来，他们身后的跟踪者就不会从马蹄声音的变化中听出马背上的负重突然减轻了。

威尔蹑手蹑脚地爬到树干高处，找到一个可以安全落脚且视野清晰的位置。现在，他可以看到霍尔特正带着两匹马沿着小路缓缓前行。

在抵达下一个转弯处时，霍尔特放开塔格，然后勒住了阿伯拉德，从马鞍上跳了下来。他跪在地上，似乎在研究地面上的痕迹。

现在，威尔可以听到他们身后的马蹄声了。他朝他们的来路望去，但另一个转弯挡住了他的视线。

这时，轻缓的马蹄声也停下了。

威尔感到口干舌燥，心脏在胸膛里越跳越快。他相信方圆五十码以内的人都能听到他震耳欲聋的心跳声。长久的训练在此时发挥了作用，威尔冷静下来，一动不动地待在树上，藏身于绿叶斑驳的阴影中，注视着来时的道路。

什么东西动了一下！

他眼角的余光看到了什么，但它转瞬即逝。威尔仔细地盯着那个地方看了一两秒钟，然后想起了霍尔特的教诲："不要将你的注意力集中在一个地方。不断移动焦点，始终掌握全局。你要找的不是某个人，而是他弄出的动静。记住，他也是一名游侠，他也接受过隐匿身形的训练。”

威尔让视线的焦点不断移动，来回扫描着他们身后的树林。几秒钟后，威尔又一次看到了他的动静。一根树枝轻轻地晃了晃，好像有一个看不见的身影与它擦肩而过。

随后，十码开外的地方，另一丛灌木轻轻动了一下。再然后，威尔看到一丛茂密的杂草缓缓地弹起，就好像刚刚有人踩着它们走过。

威尔仍旧静立于枝头。他惊讶地发现这名追踪者竟然能逃过他的眼睛，在树林里肆意穿行。很显然，这名追踪他们的游侠已经将自己的马留在后方，改用步行追踪霍尔特了。威尔迅速地瞟了霍尔特一眼。他的导师仍然待在原地，全神贯注地研究着地上的痕迹。

树林里又传来动静。那名仿佛隐身的游侠走过了威尔的藏身之处，正沿着小路前行，准备从背后给霍尔特一个“惊喜”。

突然之间，小路上冒出了一个身披灰绿色斗篷的高瘦身影，就在霍尔特背后大约二十码的地方。威尔难以置信地眨了眨眼。上一秒那里还什么也没有，下一秒他就凭空出现了。威尔的手开始悄悄向背上的箭袋移动，然后突然停住了。他想起前一天晚上霍尔特所说的话：“等我们搭上话再开始行动。如果他不开口，他就会听到你发出的哪怕最细微的声音。”

威尔咽了一口唾沫，他希望那个高个子没听到他将手伸向箭袋的动静。看来他收手很及时。树下传来了一阵愉快的呼喊。

“霍尔特，霍尔特！”

霍尔特转过身，不慌不忙地站起来，还掸了掸膝盖上的尘土。他歪着头，打量着站在小路中央的身影。对方正轻松地倚在一把长弓上，那把弓和霍尔特的弓一模一样。

“哟，吉朗，”他出声招呼道，“老把戏永远玩不腻啊。”

个子高高的游侠耸了耸肩，用欢快的声音答道：“可今年的把戏逮住你了，霍尔特。”

吉朗一开口，威尔就迅速地伸手从箭袋里抽了一支箭搭在弦上，没有发出一点儿声音。现在说话的人变成了霍尔特。

“吉朗，真的吗？怎么就逮住我了？”

吉朗回答这位旧日恩师的语气中难掩快乐。

“别说啦，霍尔特，你就承认吧。我年年都这么努力，可算让我逮住了一次。”

霍尔特伸出手，若有所思地抚弄着斑白的胡子。

“实际上，吉朗，我确实搞不懂你为什么这么执着于这个。”

吉朗大笑起来：“你应该知道‘青出于蓝而胜于蓝’的滋味有多好。别嘴硬了，霍尔特，快承认吧。今年是我赢啦。”

趁着高个子游侠说话的工夫，威尔小心翼翼地将箭头瞄准了吉朗左边两码以外的一棵树。霍尔特的话言犹在耳："选择他身边一个足以吓他一跳的目标，但是老天爷，也别离得太近。我可不希望他一动弹就被你射个对穿！"

霍尔特依旧站在小路中央，而吉朗开始有些不安地将重心从一只脚换到另一只脚上。霍尔特气定神闲的态度令他感到迷惑。霍尔特到底是不是在故弄玄虚？他有些不太确定了。

霍尔特接下来所说的话更是加重了他的疑虑。

"'青出于蓝'是吗……确实，老师和学生之间确实有一种奇妙的联系。不过，吉朗，我的老学徒，告诉我，你今年是不是忘了什么事情？"

也许是因为霍尔特刻意加重了"学徒"这个词，吉朗突然意识到自己犯了一个大错。他四下张望，寻找那个已经被他忘掉的学徒。

就在此时，威尔放出了手中的箭。

利箭唰地从高个子游侠的身边飞过，啪的一声钉进了威尔瞄准的那棵树，箭尾犹在颤动。吉朗吓得向后一跳，随后立刻将目光转向了威尔藏身的树枝。威尔惊讶极了，遭到这样出其不意的攻击，吉朗竟能立刻反应过来，迅速锁定了攻击者的方位。

吉朗认栽地摇了摇头，他那双敏锐的眼睛已经看到了藏身于茂密林叶间的那个小小的灰绿色身影。

“下来吧，威尔。”霍尔特唤道，“来见见吉朗，我们最粗心的游侠。”他冲吉朗摇了摇头，“当你还是个小孩子的时候我就告诉过你吧。不要急躁，不要草率。”

吉朗有些沮丧地点了点头。当他看到威尔沿着最低的树枝滑到地上，看清这名学徒是如此瘦小而年轻时，他更加沮丧了。

“看来，”他说，“我太过专注于抓捕这只灰绿色的老狐狸，而忘了头顶还有一只小猴子。”他自嘲地笑了笑。

“猴子？”霍尔特瓮声瓮气地说，“我得说，今天是威尔把你当猴耍了。威尔，这位是吉朗，我过去的学徒，现在是梅里克领地的游侠——尽管我搞不懂为什么会选他。”

吉朗露出一个大大的笑容，朝威尔伸出了手。

“我还以为这次终于打败你了，霍尔特。”他依旧以轻快的口吻说道，“原来你就是威尔。”他紧紧握住威尔的手，“很高兴认识你。干得真不错，小朋友。”

威尔朝霍尔特笑了笑，年长的游侠意味深长地歪了歪脑袋。威尔想起了霍尔特昨晚对他说的最后一番话：在打败一个人以后，绝不要得意忘形。一定要保持谦恭，夸奖对方表现优异之处。任何一个人都不会喜欢被打败的滋味，尽管他可能会装作满不在乎。这时，你就大方地夸奖他吧。赞美会为你赢得朋友，自大会为你招来敌人。

“是的，我就是威尔。”说完，他又补了一句，“你可以教教我怎么做到几乎隐形地移动吗？那真是太厉害了。”

吉朗苦笑了几声：“一点儿也不厉害。你一定老早就看到我了。”

威尔摇了摇头，他刚刚真是费了九牛二虎之力才找到了吉朗。想到这里，他是发自内心地想要称赞吉朗并渴望向他学习了。

“我只在你最后现身的时候才看到了你。”他说，“我看到了你移动的轨迹，但自从你转过那个弯后我就再也没有看到你了。我真希望我也能像你一样移动。”

听到威尔真诚的赞扬，吉朗露出喜悦的神色。

“啊，霍尔特，”他说，“看来你这位小朋友不仅很有天赋，也很懂礼貌。”

霍尔特望着面前的两个人：他的老学徒和他的新学徒。他冲威尔点了点头，对他刚刚的恭维表示赞赏。

“隐蔽地移动正是吉朗的拿手绝技。”霍尔特说，“如果请他稍加指导，一定对你大有助益。”说着，他朝昔日的学徒走了两步，将手臂环过那个高个子的肩膀，“很高兴又见面了。”

他们给了彼此一个热烈的拥抱，然后霍尔特将吉朗拉开一臂远，仔细地打量着他。

“你是一年比一年瘦了。”霍尔特开口说道，“你打算什么时候给这些骨头上挂点儿肉？”

吉朗也笑了。看来，这也是他们之间心照不宣的老笑话了。

“我看你的肉分给我们两个人都够用。”说着，吉朗用手指戳了戳霍尔特的腰腹，“这不会是要长肚腩了吧？”他朝威尔一笑，“我猜这些天来他就舒舒服服地坐在小屋里，让你打理所有家务吧？”

还没等霍尔特或威尔回答，他就转过身，吹了一声口哨。几秒钟后，吉朗的马拐过弯一路小跑了过来。高个子游侠走向坐骑，翻身上马，这时威尔才看到他的马鞍上系着一把带鞘的宝剑。威尔转过身，以疑惑的目光望着霍尔特。

“我以为游侠是不可以佩剑的，难道不是吗？”他悄悄地问。霍尔特皱了皱眉，似乎不明白威尔的问题。随后他顺着威尔的目光望去，才理解他为什么要这么问。

“不是‘不可以’，”霍尔特也上了马，解释道，“是先后顺序的问题。成为优秀的剑士需要多年的苦练，而我们没有那么多时间。我们要先练习其他技巧。”

他似乎透过威尔翕动的嘴唇看穿了下一个问题，于是继续说道：“吉朗的父亲是一名骑士，因此吉朗在成为游侠之前就已经接受过许多年的剑术训练。他是个特例，在成为我的学徒后，我允许他继续练习剑术。”

“但我想——”威尔开了个头，又停住了。吉朗此时正策马向他们行来，威尔不知道当着吉朗的面问出这个问题是否礼貌。

“千万别在霍尔特面前说‘我想’。”吉朗听到了威尔最后的半句话，插嘴道，“他会说，‘你一个学徒，能想点儿什么’，要么就是‘如果你真的仔细想过了，就不会开口问了’。”

威尔露出了无奈的笑容。霍尔特不止一次跟他说过这些话，吉朗的模仿简直惟妙惟肖。现在，他们两个人都望着威尔，等着他把刚刚的问题说完，威尔也只好硬着头皮问了出来。

“如果吉朗的父亲是一名骑士，那他岂不是自动获得了进入战斗学校的资格？还是说，他们也认为吉朗身材太矮小？”

霍尔特和吉朗交换了一个眼神。霍尔特挑起一边的眉毛，然后示意吉朗自己回答这个问题。

“我是可以去战斗学校。”吉朗说，“是我自己选择成为游侠的。”

“不少人都是如此。”霍尔特温和地说。威尔又想了想。他一直以为王国的贵族不可能当游侠，现在看来是他想错了。

“但我想——”威尔一开口，就意识到自己又说错了。霍尔特和吉朗看了看他，又相互对视了一眼，然后异口同声道：“你一个学徒，能想点儿什么？”

说着，两个人就拍拍马走了。威尔赶紧召回塔格，也追了上去。等他追上他们，两名游侠已经给他让出了一条路，让他在中间骑。吉朗又冲他笑了笑，而霍尔特还是像平常一样冷酷。但在这一片和睦的静默中，威尔欣喜地意识到，他已经成为这个亲密无间的小团体中的一员了。

这是一种亲切的归属感。有生以来，威尔第一次感到自己找到了家。

第24章

卡尔卡拉

“出事了！”霍尔特轻声说道，示意两名同伴勒马。

三个人骑着马慢悠悠地踱过了最后的半英里，才抵达游侠们的聚会地。现在他们登上了一个平缓的高坡，正好可以看到百码开外的林间空地。空地上搭着一排排小小的单人帐篷，秩序井然，空气中弥漫着炊烟的味道。空地的一旁划出了一片靶场，几十匹体形矮壮、毛发蓬松的马正在树下吃草，一看就是游侠的坐骑。

只是坐在马上远远看着，他们也能察觉到整个营地都笼罩在一片紧张的气氛中。成排的小帐篷中央立着一顶大帐篷，足有四码多长、四码多宽，足够让一个高个子舒展地站在里面。大帐篷两侧的布帘都卷了起来，威尔可以看到里面有一群身披灰绿色斗篷的身影，正围着桌子热火朝天地讨论着什么。此时，一名游侠匆匆走了出来，朝早已等在门口的马奔去。他翻身上马，两腿一夹，就沿着林地另一端的小路疾驰而去了。

这个游侠的身影才刚刚消失在翠绿的浓荫中，又有一名游侠骑着马从另一个方向出现了。他策马跃过围栏，在帐篷外勒住马。还没等马儿站稳，他就一跃而下，冲进了帐篷。

“怎么了？”威尔问。他看到已经有人开始将扎好的帐篷收起打包，不禁皱起了眉头。

“不知道。”霍尔特说。他朝底下的一排帐篷指了指：“你们去找个扎营的好位置。我下去看看是怎么回事。”

霍尔特催马前进，又回过头来补充了一句：“先别扎营，照这么看，还不一定用得上。”说着，阿伯拉德疾驰奔向营地的中央，鼓点般的蹄声渐渐远去。

威尔和吉朗选了一个位于大树下但又不会离营地中央太远的位置。接下来，他们只能无所事事地坐在一根圆木上，等待霍尔特回来下达指示。作为老资格的游侠，霍尔特可以直接进入大帐篷，吉朗解释说那是指挥营。游侠统领的名字叫作克罗利，他每天都要与下属在指挥营里碰面，组织各种活动，整理与评估各地前来参加聚会的游侠带来的情报和信息。

他们身边的大部分帐篷里都空无一人，只有一名骨瘦如柴的游侠在附近来回走动，表情看上去像吉朗和威尔一样困惑。看到他俩百无聊赖地坐在木头上，他也走了过来。

“有什么消息吗？”他立刻问道。然而一听到吉朗的回答，他的表情又垮了下去。

“我们正想问你呢。”吉朗伸出手打了个招呼，“你叫梅伦，对吗？”他们俩握了握手。

“是我。如果我没记错的话，你是吉朗吧？”吉朗随即向这位三十出头的游侠介绍了威尔，梅伦若有所思地打量着威尔。

“原来你就是霍尔特新收的学徒。”他说，“我们一直在猜你是个什么样的人。其实，我本来是要当你的考官的。”

“本来？”吉朗立刻反问道。梅伦望了过来。

“是的。但我怀疑现在聚会还能不能继续。”他顿了顿，然后补充道，“你们连这个也没听说吗？”两个刚到的游侠一齐摇了摇头。

“莫葛拉斯有新动作了。”他平静地说道。一听到这个恶魔的名字，威尔就感到一股冷气蹿上了脊背。

“发生什么事了？”吉朗眯起眼睛问道。梅伦摇了摇头，用靴子尖无奈地拨了拨地上的泥土。

“现在还不清楚。只有一些零碎的报告。不过听说几天前兽人军队突破了三步隘，占领了那里的岗哨，朝北边去了。”

“莫葛拉斯也跟他们在一起吗？”吉朗问道。威尔瞪大了眼睛，静静地听着。他不敢发问，也不敢提莫葛拉斯的名字。

梅伦耸了耸肩，回答道：“谁也不知道。现在我们还不这么认为，但在过去的两天里，克罗利一直在往那边派侦察兵。这可能只是一次突袭，但如果不止于此，恐怕就要爆发新的战争了。在这种时候失去了洛里亚克勋爵，真是雪上加霜。”

吉朗抬起头，关切地问道：“洛里亚克死了？”

梅伦点点头：“要么是死于中风，要么就是心脏的毛病。他的尸体几天前才被发现，没有外伤，眼睛直愣愣地盯着前方，身子都硬了。”

“但他还那么年轻！”吉朗说，“我一个月前才见过他，健壮得像一头公牛。”

梅伦耸了耸肩。他无法做出解释，只是说出了自己了解的事实。“可能人各有命吧。”他说，“谁也说不准。”

“洛里亚克勋爵是谁？”威尔悄悄地问吉朗。青年游侠若有所思地摇了摇头，回答道：“斯塔滕的洛里亚克。他是国王的重骑兵队队长，也是我们最好的骑兵指挥官。正如梅伦所说，如果战争爆发，他本该是必不可少的战力。”

一只冰冷的、恐惧的手攥住了威尔的心脏。自他懂事起，人们在谈起莫葛拉斯时总是会压低声音，这个可怕的敌人似乎已经成为过去的传说，一个来自暗无天日的古老时代的传说。然而今天，这个传说成了他不得不面对的恐怖现实。威尔望着吉朗，希望获得一些安慰，但青年游侠那张英俊的脸上只浮现出对未来的无尽疑虑和担忧。

差不多过了一个小时，霍尔特才回来。时间已过晌午，威尔和吉朗准备了面包、冷肉块和干果作为午餐。头发斑白的霍尔特从阿伯拉德的马鞍上滑下来，接过威尔递来的一盘食物，风卷残云般地吃了起来。

“聚会结束了。”他吃了几口，简短地说道。看到霍尔特回来了，梅伦也再次加入进来。他和霍尔特简单地打了个招呼，然后提出了那个所有人都好奇的问题。

“要打仗了吗？”他焦急地问。

霍尔特摇了摇头：“现在还不确定。最新的情报显示莫葛拉斯仍然待在山里。”

“那兽人军队怎么会出来呢？”威尔问。每个人都知道兽人只会听莫葛拉斯的指挥。如果不是莫葛拉斯的命令，它们绝不会采取如此激进的行动。霍尔特神情严峻地回答了他的问题。

“出来的只是一小股兽人军队——大概只有五十人。它们的出击是为了分散我们的注意力。克罗利认为，趁我们调动兵力追捕这些兽人之际，有两只卡尔卡拉已经逃出了山区，潜入了荒寂平原。”

吉朗低低地吹了一声口哨，梅伦则吃惊地后退了一步，他们俩的脸上都露出了毫不掩饰的恐惧。威尔不知道卡尔卡拉是什么，但是从霍尔特的表情还有吉朗和梅伦的反应来看，那绝对不是什么好东西。

“你是说那玩意儿还有活的？”梅伦说，“我以为它们早就灭绝了。”

“还有活的。”霍尔特答道，“虽然只有两只，但也够我们伤脑筋的了。”

紧接着是一阵长长的沉默。最后，威尔犹犹豫豫地开口问道：“它们到底是什么？”

霍尔特无奈地摇了摇头。他不想和威尔这个年纪的孩子谈论这个话题。但是，这是他们必须面对的问题，他别无选择。威尔必须知道。

“在莫葛拉斯策划叛乱的时候，他想要的不仅仅是一支普通的军队。他知道，如果能不战而屈人之兵，他就更容易取得胜利。因此，这些年来，他多次深入雨夜山丘，苦苦寻觅。”

“他在找什么？”威尔问，但他的心里已经对答案有了一股不祥的预感。

“他在找一同对抗王国的盟友。雨夜山丘是一片古老而鲜有人涉足的神秘地带，那里还保持着几个世纪以前的原貌。人们传说山里还栖息着许多珍奇异兽和远古的怪物，现在看来果真如此。”

“比如兽人。”威尔接口道。霍尔特点了点头。

“是的，比如兽人。莫葛拉斯很快就收服了兽人，让它们完全听令行事。”霍尔特的语气中带有一丝苦涩，“再后来，他又找到了卡尔卡拉。那是一种比兽人还要糟糕的生物——比兽人糟糕得多。”

威尔没有说话。光是想象一下比兽人还要糟糕的野兽就足以令人心惊胆战了。

“卡尔卡拉总共有三只，其中一只在八年前就被杀死了，因此我们对它们知之甚少。一种既像猿猴，又像狗熊，还能直立行走的怪物，这大概就是卡尔卡拉的样子。”

“莫葛拉斯也是通过思想操控它们的吗，就像他操控那些兽人一样？”威尔问道。霍尔特摇了摇头。

“不。卡尔卡拉比兽人要聪明。但它们非常喜欢白银，它们崇拜白银，喜欢囤积白银。想必莫葛拉斯给了它们一大批白银，它们才会服从他的命令，而且把任务完成得干净利落。它们在追踪猎物时表现得非常狡猾。”

“猎物？”威尔问，“什么猎物？”

霍尔特和吉朗对视了一眼，威尔可以看出他的导师很不愿意谈论这个话题。有那么一瞬间，他以为霍尔特又会像平常一样长篇大论地斥责他怎么有那么多问题。然而，霍尔特只是以平静的口吻回答了他的问题，这也让威尔意识到他们正在讨论的是一件严肃的大事，而不只关乎他那可有可无的好奇。

“卡尔卡拉是天生的刺客。只要它们认定了一个目标，就算追到天涯海角，它们也会使尽浑身解数将他杀死。”

“我们就无法阻止它们吗？”威尔问。他瞟了一眼霍尔特那把巨大的长弓以及插满黑色箭矢的箭袋。

“卡尔卡拉很难被杀死。它们身披一层粘连在一起的厚重毛发，就像身披一层鳞甲。普通的弓箭射不穿那层厚皮毛，要对付它们，要么用战斧或大刀，要么用重矛穿刺，一击毙命。”

威尔稍稍松了一口气。尽管卡尔卡拉听起来不可战胜，但王国里到底还是有许多英勇的骑士有能力杀死它们。

“八年前死去的那只卡尔卡拉也是被一名骑士杀死的吗？”威尔问。霍尔特摇了摇头。

“不是一名骑士，而是三名骑士。那只卡尔卡拉死于三名全副武装的骑士的围攻之下，而我方最后只有一个人活了下来，并且终身残疾。”霍尔特面沉如水地说。

“三个人？三名骑士？”威尔难以置信地问道，“这怎么……”

还没等威尔说完，吉朗就做出了回答：“问题就在于，想使用剑或矛你就不得不靠近卡尔卡拉。而在这个距离，卡尔卡拉能够阻止你动手。”

吉朗一边说，一边用手指轻轻地敲打着腰间佩剑的剑柄。

“它要怎么阻止我？”威尔问道。他刚刚放下的心又被吉朗的话给揪了起来。这次回答他的是梅伦。

“它的眼睛。”骨瘦如柴的游侠答道，“一旦对上卡尔卡拉的目光，你就会动弹不得，就像毒蛇在捕杀小鸟前，总是用它那阴冷的目光将小鸟冻结在原地一样。”

威尔露出疑惑的表情，目光在三个人的脸上游移不定。梅伦的话实在是超乎常理，简直是天方夜谭。然而，霍尔特并没有反驳这个说法。

“冻结……这怎么可能？你是说，那是一种魔法吗？”

霍尔特耸了耸肩。梅伦不自在地转开了视线。没有人想要深入探讨这个话题。

“一些人称之为魔法。”霍尔特说，“但我认为那应该属于某种催眠术。不管是哪一种，梅伦说的确有其事。如果你和卡尔卡拉目光相交，你就会因为恐惧而全身麻痹，无法做任何事情。”

威尔紧张地环视四周，仿佛静谧的树林里随时都可能蹿出一只半猿半熊的怪物。他感到恐惧在他的心中疯狂蔓延。不知道从什么时候起，他好像已经认定霍尔特天下无敌了。然而此时此刻，霍尔特却仿佛在向他承认，他们无法抵御这种恐怖的怪物。

“我们就什么办法也没有了吗？”威尔绝望地问道。霍尔特耸了耸肩。

“传言说卡尔卡拉特别怕火，但我们要解决的还是老问题：如何靠近它们以造成伤害。你无法举着明火追踪卡尔卡拉。它们习惯在夜间活动，老远就能看到你。”

威尔对自己所听到的这一切感到难以置信。霍尔特一脸严肃，而吉朗和梅伦对霍尔特带来的新消息深感头疼。

又是一阵难熬的沉默，最后吉朗打破了寂静：“克罗利为什么会认为卡尔卡拉是莫葛拉斯派来的？”

霍尔特迟疑了片刻。他是在克罗利的秘密高层会议上得知这一情况的。不过他又耸了耸肩，反正他们迟早都是要知道的，毕竟他们都是游侠，连威尔也不例外。

“它们在过去的一年里已经行动了两次，正是它们杀死了诺索尔特勋爵和洛里亚克勋爵。”

三个年轻人面面相觑，霍尔特继续说道：“一开始人们认为诺索尔特勋爵是被熊杀死的，还记得吗？”威尔缓缓地点了点头，他现在想起来了。那是他成为霍尔特的学徒的第一天，游侠正是在那一天收到了最高统帅的死讯。“我当时就说诺索尔特勋爵是个老练的猎人，不太可能被熊杀死。克罗利显然也同意我的看法。”

“洛里亚克又是怎么回事？每个人都说他死于中风。”梅伦问道。霍尔特看了他一眼，然后答道：“你们都听说了，是吗？他的医生听到消息后非常惊讶，说他从没见过像洛里亚克这样健康的人会死于中风。从另一个角度想——”他顿了一下，吉朗接上了他的话：“那可能是卡尔卡拉的手笔。”

霍尔特点点头：“没错。我们还不知道卡尔卡拉所谓的‘冻结’到底有多大的威力。或许让一个人长时间处于恐惧而无法动弹的状态，就足以令他的心脏停止跳动。此外，也有一些零星的情报显示曾有人在那片区域见到过黑色的大型野兽。”

树下的几个人再次陷入了沉默。在他们周围，游侠们来往穿梭，忙着收拾帐篷，重新备马。最后，霍尔特打断了几个人的沉思。

“我们还是抓紧时间行动吧。梅伦，你得赶紧回自己的领地去。克罗利希望向军队发出警报，戒备起来。几分钟后他就会发出正式的命令。”

梅伦点点头，转身朝自己的营地走去。突然，他仿佛想起了什么似的，停下脚步，转过身来。霍尔特刚刚说的是“你得赶紧回自己的领地去”。

“你们呢？”他问，“你们三个要去哪儿？”

在霍尔特开口之前，威尔就已经猜到了答案。但这丝毫没有减轻他在听到霍尔特亲口说出那句话时心里升腾起的冰冷的恐惧。

“我们要去追击卡尔卡拉。”

第25章

追击野兽

营地里人来人往，帐篷都收起来了，游侠们忙着重新收拾行装，整理鞍袋。动作最快的一批人已经离开，日夜兼程地赶回自己的领地去了。

威尔将鞍袋上的绳子一一系好，又将之前已经拿出来的几样东西放回原位。霍尔特坐在几码开外的地方，皱着眉头，若有所思地盯着荒寂平原及其周边区域的地图。地图上的荒寂平原是一大片空白区域，没有标出道路，只有零星的几个标注。一道影子落到他身上，霍尔特抬起头，看到吉朗正满怀忧虑地站在那里。

“霍尔特，”吉朗的声音低沉而关切，“你确定要这么做？”

霍尔特目不转睛地盯着他："非常确定，吉朗。我们必须这么做。"

"但他还只是个孩子！"吉朗抗议道。他望向不远处正在将一卷行李捆到塔格的马鞍后面的威尔。霍尔特深深地吸了一口气，将视线转开。

"我知道。但他也是一名游侠。尽管他只是个学徒，但也是我们组织中的一员，和你我一样。"霍尔特看到吉朗还想说些什么。吉朗真的很关心威尔。想到这里，霍尔特心中对这名老学徒也生出了一股激荡的情愫。

"吉朗，在理想状况下，我决不会让威尔冒这样的风险，但现在的情况实在太糟了。每个人都必须动起来，做自己该做的事，连威尔这样的孩子也不能例外。莫葛拉斯要有大动作了。克罗利的探子回报，除了刚刚我说的那些事，莫葛拉斯还一直与斯堪狄亚人保持联系。"

"斯堪狄亚人？为什么？"

霍尔特耸了耸肩："不知道，但我猜他是希望和他们结盟。斯堪狄亚人可以为了钱和任何人战斗，自然也会为了钱为任何人卖命。"他的声音里充满了对这些雇佣兵的厌恶，"现在的问题是，克罗利想要召集军队，我们很缺人手。通常情况下，不带够五个经验丰富的游侠，我决不会去追踪卡尔卡拉。但现在克罗利没法儿给我更多的人了。所以我只能带上我最信任的两个人，那就是你和威尔。”

吉朗闻言欣然一笑：“不管怎么说，谢谢你的信任。”霍尔特这一番肺腑之言打动了他。他仍和过去一样尊重他的老师，和游侠组织里的绝大多数人一样。

“而且，一旦遭遇那些可怕的怪物，你那柄生锈的破剑或许派得上用场。”霍尔特说。游侠组织允许吉朗继续进行剑术修行实在是明智的选择，尽管鲜少人知，但吉朗的确是整个阿拉伦最优秀的剑士之一。

“至于威尔，”霍尔特继续说道，“别小看他，他很聪明。此外，他敏捷、勇敢，箭法也很不错。最重要的是，他脑筋转得很快。依我的打算，如果我们能追上卡尔卡拉，就可以让威尔回来呼叫增援，一来可以为我们提供帮助，二来也可以使他远离危险。”

吉朗沉吟不语，挠了挠下巴。霍尔特已经把一切都解释清楚了，看上去这也是他们眼下唯一能采取的合理做法。他朝老游侠看了一眼，点点头，表示他已经理解了。随后他转过身，准备去打包自己的行李，却发现威尔早已替他打包好捆在马背上了。吉朗朝霍尔特一笑。

“你说得对。”他说，“这个孩子是能拿主意的。”

三个人稍作休整后就出发了，其他游侠仍在营地里忙着传达命令。要调动整个阿拉伦的军队可不是一件容易的事，需要各地的游侠进行协调，然后分别带领五十个各自领地的士兵前往乌塔尔平原集合。现在吉朗和霍尔特被派去追踪卡尔卡拉，就需要其他游侠一同协调他们两个人的领地军队的调动。

他们在霍尔特的带领下向东南方前进，一路无话。就连威尔平常那按捺不住的好奇心似乎也被摆在眼前的重任给压垮了。三人默默策马前行，威尔的脑海里不断浮现出各种各样像熊一样凶残又带着猿猴特征的恐怖怪物——甚至连霍尔特这么厉害的人都不一定能杀死的怪物。

终于，在这样幻想了几百次之后，威尔觉得有点儿无聊了，恐怖的画面也随之消失。他开始好奇霍尔特的追踪计划了——如果霍尔特有计划的话。

“霍尔特，”他轻声问道，“你希望在哪里找到卡尔卡拉？”

霍尔特转头看了一眼身旁这张严肃的小脸。他们正在严格按照游侠的强行军速度前进，即骑马以平稳速度慢跑四十分钟，然后下马，再以平稳速度牵着马儿小跑二十分钟，以便马儿能得到没有负重的休息。

每过四个小时，他们就会停下来休息一个小时，以肉干、面包和水果充饥，再钻进斗篷里小憩一会儿。

他们已经如此行进了一段时间，霍尔特认为是时候休息了。

他领着阿伯拉德走到道路旁一片树林里的隐蔽处。威尔和吉朗紧随其后，松开缰绳，让马儿四散吃草。

“我能想到的最理想的情况是，”霍尔特回答了威尔的问题，“先到它们的巢穴看看它们是否在附近。”

“你知道它们的巢穴在哪儿吗？”吉朗问。

“我们所掌握的最精确的情报显示，它们的巢穴就在荒寂平原附近，从石笛阵再往前。我们先去那一带看看能找到些什么。如果它们在那附近，我们应该能打听到周围村子里最近走失过绵羊或山羊。不过，怎么让村民开口告诉我们这些信息又是另一桩麻烦了。在最理想的情况下，荒寂平原的村民也是一群极其沉默寡言的人。”

“你们说的这个平原是怎么回事？”威尔一边咀嚼着硬面包一边问道，“石笛阵又是什么？”

“荒寂平原是一大片平坦的地区，没有什么树，到处都是裸露的石块和茂密的野草。”霍尔特说，“无论在一年中的哪一个时节，风永远吹个不停。那是一个极端阴郁、压抑的地方，其中又以石笛阵尤甚。”

“石笛阵到底……”威尔迫不及待地问道，而霍尔特正准备继续解释。

“石笛阵？那是远古居民建起的一个巨石阵，恰好位于平原中央风力最强的地方。”

“没有人知道巨石阵最初是做什么用的，但它们的排布方式可以让气流绕过石阵圆形的外围，并穿过巨石上凿开的一串孔洞。在强风的劲吹下，石阵会发出一种鬼哭狼嚎般的声音，至于为什么会有人觉得这玩意儿像笛声，我是搞不明白。这种怪异而尖锐的声音传得很远，几英里外都能听到，用不了几分钟就能让你牙齿发酸——而且一连好几个小时，昼夜不停。”

威尔不说话了。一想到霍尔特描述的那片死气沉沉、狂风呼啸的平原，还有那终年哀号不绝的石阵，傍晚的最后一缕阳光也失去了温暖。他情不自禁地打了个寒战。霍尔特看到他的反应，探过身子，鼓励地拍了拍他的肩膀。

“打起精神来。”他说，“很多事情实际经历起来并没有你原本想象的那么糟。现在歇一会儿吧。”

他们在第二天中午来到了荒寂平原的外围。威尔想，霍尔特说得没错，这里确实是一片苍茫的旷野。道旁的风景乏善可陈，一连好几英里都只能看到高大而灰暗的野草，被经年累月的狂风吹得七歪八倒、枯黄衰败。

这里的狂风仿佛有自己的意志，它持之以恒地从西边吹来，吹过荒寂平原的大地，让每一棵野草都对它俯首称臣，也时刻折磨着威尔一行人的神经。

“现在你们知道为什么这里叫荒寂平原了吧？”霍尔特对他俩说道。他轻轻勒住阿伯拉德，以便让后面的两个人跟上。“顶着这种狂风出门，会让你觉得天底下只剩自己一个活人了。”

没错，威尔在心中附和道。面对这一望无际的平原，他深深地感到了自己的渺小和微不足道，而这种渺小又让他感到无能为力。他们如今骑马穿行的这片荒原似乎向他彰显了一种冥冥之中的神秘力量，一种远远超乎他个人能力的强大力量。就连一向乐观开朗的吉朗似乎也受到了这里沉重阴郁气氛的感染，只有霍尔特依然不为所动，像往常一样冷酷而沉默。

他们继续前进。突然，威尔感到一阵不安。有什么东西潜伏在附近，触碰着他的知觉的边界。这让他很不舒服。他说不出那是一种什么样的感觉，甚至说不出那种感觉来自何处。但那种感觉就在那里，一直影响着他。他在马鞍上动了动，踩着马镫站了起来，遥望着周围一成不变的景色，希望找出这种感觉的来源。霍尔特发现了他的异动。

“看来你注意到了。”他说，“那就是石笛阵的声音。”

在霍尔特一语道破之后，威尔就立即发觉了，原来那是一种声音，极其微弱但又连绵不绝，以至于威尔一时之间无法分辨它到底是什么。正是这种气若游丝的声音令他感到心绪不宁，肚子里开始一阵阵抽搐——由于恐惧。或许在霍尔特说完那句话后，他们就正式进入了石笛阵的影响范围，现在威尔能够很明确地分辨出它的声音了。那是一串毫无旋律的音符，巨石同时被风奏响，发出一阵嘈杂刺耳的不和谐音，使人精神紧张，心烦意乱。威尔一边策马前行，一边将左手悄悄地搭在萨克斯刀的刀柄上——贴身武器那坚实可靠的触感令他稍感慰藉。

他们在这片荒原上走了一个下午，却丝毫没有穿越平原的实际感受。尽管他们一直在前行，但前后左右的景色没有半点儿变化，野草从不向身后退去，前方也好像没有尽头。他们仿佛一直在这个虚幻的世界里原地踏步，虚度时光。石笛阵的哀号终日回响，那声音随着他们的前行越来越大——这是能够证明他们仍在前行的唯一证据。几个小时过去了，石笛阵的哀号一刻不停，威尔还是没能习惯那种声音。它一直折磨着他的神经，让他心烦意乱，惶惶不安。太阳开始从西边落下，霍尔特勒住了阿伯拉德。

“就在这里过夜吧。”他说，“在夜里很难继续前行。如果无法根据地标来判定前进的方向，就很容易在原地兜圈子。”

另外两个人闻言松了一口气，下了马。尽管他们的身体很健壮，但连续多个小时的强行军还是让人精疲力竭。威尔开始在平原上罕见的几棵矮小灌木下寻找柴火，霍尔特仿佛看穿了他的想法，摇了摇头。

“不要生火。”他说，“一生火，几英里外都能看到火光。我们不知道有谁在监视我们。”

威尔停下动作，怀里刚刚捡起的树枝也落了一地。“你是说卡尔卡拉？”他问。霍尔特耸了耸肩。

“可能是卡尔卡拉，也可能是平原上的居民。我们不知道本地人是不是已经和卡尔卡拉结盟了。毕竟，和这样的生物比邻而居，最后只有选择与它们合作才能求得自保。我们可不希望卡尔卡拉知道平原上来了陌生人。”

吉朗从爱马布雷兹的身上跃下，解下马鞍扔在地上，然后抓起一把地上随处可见的干草为它擦身。

“你认为我们还没有被发现？”他问。

霍尔特思索片刻后才给出了答案：“都有可能。这里还有太多未知的事情，比如，卡尔卡拉的巢穴到底在哪里？平原上的居民是否已经成为它们的盟友？他们是否已经看到我们并向卡尔卡拉汇报了我们的行踪？但是，在我们明确知道它们已经发现我们之前，我们可以假设我们还没有被发现。所以，不要生火。”

吉朗勉为其难地点了点头。“你说得对，很对。”他说，“但此时此刻，我甚至可以为了一杯咖啡去杀人。”

“如果非要在这个时候生火来煮咖啡，”霍尔特答道，“最后可能真的要见点儿血。”

第26章

寻踪循迹

这真是一个寒冷而凄凉的夜晚。三个人都因为马不停蹄地奔波而极度疲乏，他们将就着吃了一顿冰冷的晚餐——又是面包、干果和冷肉块，就着水壶里的冷水灌了下去。威尔现在一看到那些寡淡无味的干粮就心生厌烦。晚餐过后，霍尔特值第一班夜，威尔和吉朗裹着各自的斗篷进入了梦乡。

自从接受游侠训练以来，这不是威尔第一次在如此艰苦的环境里露营，但这是他第一次没有伴着噼啪作响的篝火或哪怕垫着一层温暖的煤渣入睡。他睡得很不踏实，半梦半醒间噩梦连连，梦里有各种奇形怪状的恐怖怪物，它们在他的意识之外游荡徘徊，但又足以让他察觉到它们的存在，扰得他坐卧难安。

因此，当霍尔特轻轻将他摇醒，换他去值第二班夜时，他甚至有些高兴。

天上的月亮时而被风吹来的云朵遮蔽，石笛阵的哀号在夜里显得越发凄厉。威尔感到精神委顿，他开始怀疑那些巨石正是为了折磨人的心志而打造的。他身边长长的野草发出一阵沙沙的声音，似乎是在与远方的哀号遥相呼应。霍尔特指了指天空中的一个点，让威尔记住这个角度。

“等月亮走到那里，”他告诉威尔，“就把吉朗叫起来换岗。”

威尔点点头，振作精神，活动了一会儿僵硬的筋骨。他拾起自己的弓和箭袋，走到霍尔特择定的一处隐蔽据点。守夜的游侠绝不会待在营地所在的空旷位置，而是躲藏在附近十码或二十码远的一个地方。这样一来，径直走到营地位置的陌生人就很难发现守夜人。这也是威尔在这几个月的训练中学会的一项技能。

威尔从箭袋中取出两支箭，夹在持弓的手上。在接下来四个小时的守夜时间里，他会一直这样夹着箭。如果遇到需要放箭的情况，他就不必再从箭袋中取箭——取箭的动静太大，可能使敌人有所防备。然后他戴上了斗篷的兜帽，这样，他就彻底与灌木不规则的枝叶融为一体了。按照霍尔特的教导，他的眼睛在营地和远处昏暗的地平线之间来回扫视，不断变换焦点。这么做能使他的视线不拘泥于某一段距离或某一个区域，也就更容易发现异常的动静。他还要时不时地原地转一圈，扫视这一整片区域周围的情况，动作要尽可能缓慢，不被任何人察觉。

石笛阵的哀号与风疾行于草上的呼啸构成了夜晚永恒不变的背景音。威尔间或听到一些别的声音，比如小动物穿行在草地上的窸窸窣窣声，以及其他难以分辨的响动。每听到一种新的动静，威尔的心跳就会不自觉地加快几分，疑心是不是卡尔卡拉趁着他的同伴熟睡的当儿偷偷潜入了。甚至有一次，他几乎可以确信他听到了野兽粗重的呼吸声。突如其来的恐惧一下子攫住了他的喉咙，直到他提升至最高警觉程度的感官让他镇定下来——他听到同伴们绵长的呼吸声，他们仍在安稳地沉睡。

他清楚地知道，在斗篷、阴影和灌木的掩护下，五码开外的任何人都不可能发现自己。但他又不禁怀疑卡尔卡拉也许并不光靠眼睛视物。或许它们有其他敏锐的感官可以发现树丛中隐藏着的敌人。也许，就在此刻，它们正在慢慢逼近，隐藏在不断晃动的长长野草中，准备发动进攻……

他的神经已经无法忍受石笛阵那时时刻刻如影随形的哀号，每听到一个新的动静，他就忍不住想转过身去查看它的源头。但他知道，这样做只会暴露自己。他强迫自己慢慢地移动，小心地转向他认为声音发源的方向，评估每一种新出现的风险，然后将它抛诸脑后。

紧张的几个小时就这样过去了，他看到的只有飞掠的流云、斜落的残月，以及周围如波涛般起伏的草浪。当月亮来到霍尔特指定的角度时，他感到自己的身体和精神都已达到极限。他叫醒了吉朗，然后再次裹着斗篷躺下。

这一次，威尔没有再做梦。疲惫使他堕入深沉的梦乡，一觉睡到了天蒙蒙亮。

第二天上午十点左右，他们来到了石笛阵附近。令人惊讶的是，石笛阵的规模很小，只是一圈立在缓坡上的花岗岩石头。他们的前行路线绕过了石笛阵一侧超过半英里远，威尔对此很是满意，他实在不愿意再靠近它一步了。石笛阵的哀号以前所未有的音量灌入耳中，随着风力的强弱震荡起伏。

“下回我再见到谁吹笛子，”吉朗半真半假地说，“我一定要把他的嘴撕了。”

他们继续前行，一英里接着一英里，一小时又一小时，四周仍然是一成不变的风景，只是换成身后不断传来石笛阵阴魂不散的哀号，使他们依旧神经紧张。

一个平原人突然从距离他们约五十码的草丛里钻了出来。他身材矮小，衣衫褴褛，头发乱蓬蓬地垂在肩上，恶狠狠地瞪着他们看了几秒。

威尔还没有从这突如其来的惊吓中恢复过来，平原人又伏下身子钻进草丛中，仿佛鱼钻进水里一样溜走了。几秒钟后，他就消失了，身影完全被草浪吞噬。霍尔特本想策马追上去，但是又停住了动作。他刚刚迅速搭在弓上的长箭也没有射出去。吉朗也已经搭上了箭，他的反应几乎和霍尔特一样快。看到霍尔特的举动，他停下手，以疑惑的神情望向老师。

霍尔特耸了耸肩。“算了。”他说，“也许他是去给卡尔卡拉通风报信了。但我们也不能只是出于怀疑就把他杀了。”

吉朗干干地笑了几声，听上去更像是为了缓解刚刚那出意外造成的紧张。

“我看，”他说，“是我们找到卡尔卡拉，还是卡尔卡拉找到我们，也没有太大的区别。”霍尔特盯着他看了好一会儿，眼神里没有半分笑意。

“相信我，吉朗，”他说，“有很大的区别。”

三个人已不再采用强行军速度，而是慢慢地骑马穿过高高的野草。他们身后传来的哀号正在逐渐减弱，威尔松了一口气，他意识到，是狂风把那磨人的声音吹远了。

在那个平原人突然出现后，很长一段时间里平安无事，他们甚至都没再看到一只活物。一整个下午，威尔都在思考一个问题。

“霍尔特？”他试探着问道。他不确定霍尔特是否希望他保持安静。霍尔特挑起一边的眉毛，这意味着他可以回答威尔的任何问题。于是威尔继续问道：“你说，为什么莫葛拉斯要招揽卡尔卡拉？这对他有什么好处？”

霍尔特意识到吉朗也在等着他的回答。在回答之前，他稍微整理了一下思路。他本来不是很想与他们分享这些看法，因为其中大部分都是他自己的猜测和主观判断。

“莫葛拉斯做这些事的原因，谁会知道？”他慢慢说道，“我不能给你一个肯定的回答，只能告诉你我的假设以及克罗利的想法。”

他快速地瞥了一眼自己的同伴。显然，从他们两个人期待的表情来看，他们打算将霍尔特的假设作为确凿的事实来接受。他无奈地想，有时，被人当作永远正确的标杆也是一种沉重的负担。

“现在可以明确的一点是，”他说，“战争就要开始了。兽人军队已经开始行动，我们的情报表明，莫葛拉斯已经与拉格纳克取得了联系。”他看到威尔露出困惑的表情。至于吉朗，他知道谁是拉格纳克。“拉格纳克是斯堪狄亚人，也就是我们所说的‘海狼’的大首领，相当于我们的国王。”

看到威尔露出恍然大悟的表情，霍尔特继续说道：“很显然，这是一场前所未有的大战，我们必须动员一切力量，当然也包括我们最优秀的指挥官们。我认为这就是莫葛拉斯的目的：他企图让卡尔卡拉刺杀我们军队的高层来削弱我们的力量。我们的最高统帅诺索尔特，还有我们最好的骑兵指挥官洛里亚克，已经为此而牺牲了。当然，一定会有其他人填补他们的位置，但在权力移交的过程中必然会引发一些动乱，导致军心涣散。我想，这就是莫葛拉斯想要的。”

吉朗若有所思：“我看还有一个原因。这些人全都参与了他上次惨败的那场战役。他一边是为了破坏我们的高层，一边也是为了挟私报复。”

霍尔特点了点头：“你说得没错。对莫葛拉斯这种小人来说，报复也是一种很强的动机。”

“所以你认为卡尔卡拉还会杀更多的人？”威尔问道。霍尔特目不转睛地看着他。

“我想它们会继续行动。它们已经顺利完成了莫葛拉斯前两次指定的刺杀目标，没有任何理由不继续下去。让莫葛拉斯怀恨在心的人太多了，可能是国王本人，也可能是阿拉德男爵——他在上次战役中也给了莫葛拉斯很大的打击。”

你也是啊，威尔心想。他的心中突然为老师掠过一阵担忧。他本想开口提醒霍尔特他本人也可能成为目标，但随即意识到霍尔特肯定早就想到了。这时，吉朗又提了一个问题。

“还有一个问题我想不明白。为什么卡尔卡拉总是会回到巢穴？为什么不干脆接二连三地杀下去呢？”

“我想，这可能正是我们为数不多的优势所在。”霍尔特说，“卡尔卡拉野蛮、残忍，还比兽人聪明，但它们毕竟不是人类。它们头脑简单，你给它们一个目标，它们将追杀他到天涯海角，和目标拼个你死我活。但是，它们一次只能追踪一个目标。在两次刺杀的间隙，它们就会回到巢穴。然后莫葛拉斯或他的手下告诉它们下一个目标，它们才能再次出动。我们动手的最佳时机就在它们刺杀下一个目标的途中，或是趁它们还未开始行动，在老巢里杀了它们。”

威尔第一千次望向面前无边无际的草浪。在当中的某个地方，就潜伏着这两只可怕的怪物，或许它们的心中已经有了一个新的目标。霍尔特的声音打断了他的思绪。

“太阳要下山了。”他说，“就在这里歇下吧。”

他们僵硬地从马鞍上跃下，松开马鞍的系绳，让马儿也更舒服一些。

“这个该死的地方倒有一个好处，”吉朗环顾四周，说道，“不用东挑西选，反正在哪儿扎营都一样。”

霍尔特拍了拍威尔的肩膀，威尔从无梦的沉眠中惊醒。他撩起斗篷，看了一眼天上的月亮，不由得皱起了眉头。他才睡了不到一个小时。他正准备告诉霍尔特，但霍尔特将一根手指贴在他的唇边，示意他安静。威尔四下张望，发现吉朗已经醒了，此时正站在他身前，面朝着东北——也就是他们来时的方向，侧耳倾听。

威尔悄悄站起身，注意不发出任何噪声。他的手不自觉地伸向武器，但随即他意识到他们并没有陷入迫在眉睫的危险，不由得又松了一口气。另外两个人仍在全神贯注地倾听。随后，霍尔特举起一只手，指向北方。

“又来了。”他说。

这回，威尔也听到了。那声音盖过了石笛阵的哀号和狂风卷地的呼啸，令他全身的血液都为之一滞。那是野兽的尖声咆哮，它越来越凄厉，越来越高亢。那是一种只有怪物才发得出来的、非人的声音，随着狂风灌入他们的耳朵。

几秒之后，另一声尖啸仿佛呼应般地响了起来。它比第一声尖啸更低一些，似乎来自第一声尖啸偏左的位置。不需要任何解释，威尔就明白了这几声尖啸的含义。

“是卡尔卡拉。”霍尔特面色冷峻地说，“它们接到了新的目标，狩猎开始了。”

第 27 章

游侠的安排

当晚，卡尔卡拉狩猎的尖啸逐渐消失在北方，三个人度过了一个不眠之夜。在第一次听到尖啸的时候，吉朗走上前给布雷兹套上马鞍，这匹栗色马正因为两只怪物的尖啸而焦躁得直打响鼻。然而，霍尔特示意他不必套鞍。

“我不准备在夜里追踪它们。”他简短地说，“等到天亮，我们再去寻找它们留下的痕迹。”

他们很轻松地找到了卡尔卡拉的踪迹，因为这两只怪物丝毫没有隐匿足迹的意思。长长的野草被它们庞大的身躯碾倒在地，留下一条明确指向东北偏东方向的小径。霍尔特率先发现了第一只怪物的踪迹，几分钟后，吉朗在左侧将近三百码外发现了第二只怪物的踪迹——它们平行向前，彼此相隔的距离既足以使它们在遇到危险时相互救援，又不至于使它们同时落入同一个陷阱。

面对这种情况，霍尔特思量再三，做出了一个决定。

“你跟着第二只。”他对吉朗说，“威尔和我跟着这一只。我们得确保它们俩是朝着同一个方向去的。我可不希望被其中一只绕到背后偷袭。”

“你认为它们已经发现我们了？”威尔问道，尽力装出一副无动于衷的口吻。

“有可能。我们见到的那个平原人可能已经将我们的行踪告诉它们了。要么也可能只是一个巧合，它们正在朝下一个目标赶去。”他瞥了一眼倒伏在地上的野草，移动的轨迹显示卡尔卡拉的动作非常果决，“它们肯定已经有新的目标了。”说着，霍尔特再次转向吉朗，“无论如何，保持警惕，随时注意布雷兹的动向。马儿能比我们更敏锐地察觉到这些怪物。我可不想被它们埋伏。”

吉朗点点头，指挥布雷兹向第二条踪迹走去。霍尔特一挥手，三名游侠一同动起来，追寻卡尔卡拉留下的线索。

“我来看路。”霍尔特对威尔说，“你盯着吉朗，以防万一。”

威尔将目光转向将近三百码外的高个子游侠，他与他们保持着齐头并进的速度。布雷兹的肩膀以下都被茂密的野草遮住了，只能看到它的上半身。有时，因为地面凹陷，一人一马会倏然消失。第一次遇到这种情况时，威尔看到吉朗突然不见了，不由得惊叫了一声。霍尔特迅速转过身来，箭已经搭在了弦上，而就在这时，吉朗和布雷兹又出现在他们的视野中，似乎对自己刚刚引起的恐慌一无所知。

“对不起。”威尔嗫嚅道，心里对自己的大惊小怪有点儿恼火。霍尔特敏锐地看了他一眼。

“没关系。”霍尔特冷静地说，“任何时候你觉得不妥，就立刻告诉我。”他非常清楚，由于刚刚“谎报军情”，威尔在下一次发出警报时肯定会有所犹豫——这对三个人来说都是致命的。

“吉朗不见的时候你就说一声，等他出现后再说一声。”霍尔特说。威尔点点头，他完全明白导师的良苦用心。

于是他们继续前行。在靠近石笛阵时，那凄苦的哀号又一次灌满了他们的耳朵。威尔意识到，他们这一次距离石笛阵要比上一次近得多，卡尔卡拉几乎是径直朝着那个地方奔去的。他们一刻不停，霍尔特耳旁不时传来威尔的播报。

“他不见了……不见了……好了，看到了。”地面的凹凸不平被高高的野草掩盖，实际上，威尔根本搞不清楚到底是吉朗走进了洼地，还是他和霍尔特走进了洼地。很多时候也有可能是他们碰巧都走进了洼地。

最糟糕的一次，吉朗和布雷兹一同消失在草丛里，而且并没有像往常一样在几秒钟内出现。

“看不到他了……”威尔说，“不见了……不见了……看不到……”他越来越紧张，声音也渐渐拔高，“看不到……还是看不到……”

霍尔特勒住阿伯拉德，再一次搭上了箭。他的目光在左侧逡巡，等待吉朗再次出现。然后，他吹了一个连升三个音的口哨。短暂的停顿过后，草丛里传来了清清楚楚的连降三个音的口哨。威尔松了一口气，就在此时，吉朗又生龙活虎地出现了。他转向他们，用双臂做出一个大大的手势，意思再明显不过：出什么事了？

霍尔特做了个手势表示“没事”，然后他们又继续前行。

随着他们越来越接近石笛阵，霍尔特也变得越来越警觉。他和威尔负责追踪的那只卡尔卡拉几乎是直奔巨石圈而去。他勒住阿伯拉德，举起一只手遮住阳光，朝那一圈阴沉沉的巨石眺望，希望看到卡尔卡拉正埋伏在附近的任何动静或迹象。

“这是方圆几英里内唯一像点儿样的掩体。”他说，“不要冒险，那两个该死的家伙可能正躲在里面等着我们。小心行事。”

他示意吉朗归队并说明了情况。然后，他们散作一个弧形，从三个不同方向同时朝石笛阵慢慢靠近，与此同时密切留意着坐骑是否有任何异动。然而，巨石圈里是空的。他们离得太近了，穿过石笛阵孔洞的风声已经变得难以忍受。霍尔特咬着嘴唇陷入了沉思，他的目光越过重重草浪，望着卡尔卡拉留下的两道再明显不过的足迹。

“之前的做法太花时间了。”霍尔特说道，“只要能看到前方几百码依然有它们留下的踪迹，我们就加速前行。在遇到上坡或踪迹的能见度不足五十码时，再放慢速度。”

吉朗点点头表示明白，然后又回到了他原本的位置。现在，他们驱策马儿小跑起来。以这种慢跑速度，游侠的马可以轻松跑上好几英里。威尔仍然负责关注吉朗的动向。每当他们面前的痕迹消失时，霍尔特或吉朗就会吹哨示意，然后他们就一同放慢脚步，直到痕迹再度明显起来。

夜幕降临时，他们再度扎营。霍尔特依然拒绝在夜里追逐两名杀手，虽然明亮的月光使它们留下的踪迹清晰可见。

“它们很容易借着夜色的掩护杀一个回马枪。”他说，“我希望确保我们在它们偷袭时做好万全的准备。”

“你认为它们会回来吗？”威尔问。他注意到霍尔特说的是“在它们偷袭时”，而不是“如果它们来偷袭”。游侠瞥了一眼年轻的学徒。

“永远都要假设敌人知道你在哪里，并且随时可能发动进攻。”他说，“只有这样才能避免毫无准备的战斗——战斗或许避免不了，但你至少做好了准备。”

第二天一早，他们又继续以慢跑的速度追踪卡尔卡拉的踪迹，只有在视线受阻时才放慢速度。到了下午的早些时候，他们再次回到了平原的边缘，进入了雨夜山丘北部的森林地带。

在这里，他们发现两只卡尔卡拉会合了。它们不再像之前在平原上那样隔着那么远的距离，但它们前行的方向仍然没有变化：东北。三个人又继续追踪了一个小时，直到霍尔特勒住阿伯拉德，示意另外两个人下马开会。霍尔特在草地上展开一张王国地图，用箭压着卷轴的边缘，另外两个人围了过来。

“从它们留下的踪迹来看，我们稍微追上了一些。”他说，“但它们仍然领先我们半天的时间。很明显，这就是它们前行的方向……”

霍尔特取出另一支箭，在地图上指着卡尔卡拉在过去两昼夜里前行的方向。

“正如我们所见，如果它们继续向前，那它们的目标就只有两个。”他点了点地图上的两个位置，“这里——戈兰的废墟。或者再往北一些，直取阿拉伦城堡。”

吉朗倒吸了一口凉气。“阿拉伦城堡？”他问，“你的意思是，它们胆敢直接对邓肯国王动手？”

霍尔特望着他，摇了摇头。“我不知道。”他回答道，“我们对那些怪物几乎一无所知，而仅有的那一点儿情报几乎都是神话和传说。但是你不得不承认，直接刺杀国王是一记险招，也是一步妙棋，而莫葛拉斯本就是宁愿铤而走险的那种人。”

他停顿了片刻，让另外两个人好好消化这个说法。然后，他在地图上他们所处的位置向西北方向画了一条线。“我现在是这么想的。这里是红山堡，距离我们大约一天的路程，然后从红山堡到这里，又是大约一天的路程。”

他又从红山堡向东北画出一条线，指向了地图上戈兰的废墟的位置。

“一个人，两匹马，昼夜行进，就可以将前往红山堡的路程缩短到不足一天，然后带上阿拉德男爵和罗德尼爵士的增援前往戈兰的废墟。如果卡尔卡拉继续以它们当前的速度移动，我们就有可能在这里拦住它们。我没有绝对的把握，但这个方法值得一试。如果有两名像阿拉德男爵和罗德尼爵士这样的战士从旁协助，我们彻底阻止这场刺杀的胜算就大得多了。”

“等一等，霍尔特。”吉朗插话道，“你是说，一个人骑两匹马？”

霍尔特看了他一眼，他知道这名年轻的游侠已经猜到了他的心思。

“没错，吉朗。”他说，“负重越轻，马儿跑得越快。所以，我希望你将布雷兹交给威尔。他轮流骑着塔格和你的马赶回去，时间就来得及了。”

他看到吉朗的脸上露出了不情愿的表情，他完全可以理解。没有游侠会愿意将自己的爱马交给别人，哪怕是交给另一名游侠。同时吉朗也明白，霍尔特的提议非常合理。霍尔特静静地等待着吉朗的回答，而威尔则吃惊地瞪大了眼睛，看看这个，看看那个，难以相信自己竟然要承担这样的重任。

最后，吉朗勉为其难地同意了。

“你说得有道理，”他说，“那我要做什么呢？”

“步行跟上我。”霍尔特简短地答道，将地图重新卷起，放进鞍袋中，“如果你能再找到一匹马就更好了，直接骑马追上我。否则，我们就在戈兰的废墟会合。如果在那里没有遇到卡尔卡拉，威尔——还有布雷兹——会在那里等你。我会继续追踪它们，直到你们赶上我。”

吉朗点点头表示同意，霍尔特很欣赏他这一点。只要吉朗认同一个提案的合理性，他就会表示服从，而不是争论到底。但吉朗还是有些懊丧：“你不是说我的剑术能派上用场吗？”

“我是这么说过。”霍尔特答道，“但我们现在有机会获得一整队全副武装的骑士的增援，他们有战斧和长枪——你知道那是对付卡尔卡拉最好的武器。”

“你说得对。”吉朗说着，将布雷兹的辔头取下，又把缰绳打了个结，绕在它的脖子上。“你最好先骑塔格出发。”他对威尔说，“这样，布雷兹可以在无负重的情况下休息一会儿。它会跟在你后面。等你换骑布雷兹时，也要把缰绳这样打个结绕在塔格的脖子上，免得它垂下来挂到别的东西。”

吉朗转身面向霍尔特，然后又像想起了什么似的，对威尔说：“对了，在第一次骑上布雷兹时，对它说‘棕色眼眸’。”

“棕色眼眸。”威尔认真重复道，吉朗笑了起来。

“别对我说，对马说。”这也是游侠之间心照不宣的老笑话了，大家都笑了起来。然后霍尔特再次将话题引回到他们当前的任务上。

“威尔，怎么样，你能找到回红山堡的路吗？”

威尔点点头。他摸了摸自己放地图的袋子，又抬头看了看太阳的方位。

“往西北方，那边。”他坚定地指向某个方向。霍尔特满意地点点头。

“你会在傍晚前抵达鲑鱼河，那是一个很好的参照点。大道就在稍微偏西的位置。一路上记得保持匀速慢跑，不要全速前行——那样只会把马儿累垮，拖慢它们跑完全程的速度。现在去吧，一路平安。”

霍尔特跨上阿伯拉德，威尔也骑上了塔格。吉朗凑近布雷兹的耳朵，又指了指威尔。

“跟上他，布雷兹，跟上他。”就像所有的游侠坐骑一样，聪明的栗色马晃了晃脑袋，仿佛表示明白吉朗的指令。在出发前，威尔还有最后一个问题想问。

“霍尔特，”他说，“你一直提到的‘戈兰的废墟’，那到底是什么地方？”

“说来讽刺，”霍尔特回答道，“那是莫葛拉斯过去的领地，戈兰堡的废墟。”

第28章

搬救兵

前往红山堡的旅程很快让人感到身心俱疲。两匹马按照它们所受的训练不紧不慢地小跑着，而威尔只想驱策塔格极速狂奔，放任布雷兹跟在后头。但是威尔知道，这样做只会弄巧成拙。塔格和布雷兹正在以最快的速度前行。正如驯马师老鲍勃所说，游侠的马儿可以这样跑上一整天而不感到疲累。

然而，对骑手来说，又是另一回事了。威尔要根据马儿奔跑的节奏不断调整自己的姿势——更何况来回交替的两匹马体形不同，奔跑的节奏也不同——除此以外，他还要对抗极其沉重的精神压力。

如果霍尔特的推断是错的，该怎么办？如果卡尔卡拉突然转向西方，和自己撞个正着，该怎么办？如果自己出了什么纰漏，没能按时抵达红山堡，该怎么办？

而这最后一种担忧，对自身能力的怀疑，是所有压力中最难应付的。尽管威尔在过去的几个月里接受了严酷的训练，但说到底，他还只是个孩子。最重要的是，他过去总是可以依赖霍尔特的判断和经验，而现在，他孤身一人，深知自己背负着怎样的重任。

无数的想法、怀疑和恐惧在他的脑子里乱作一团，你争我夺地消耗着他的精力。在长途劳顿之后，威尔终于抵达了水流汹涌的鲑鱼河。他在桥上短暂地休息了一会儿，让马儿喝饱了水，便踏上了王国大道。来到大路上，他一秒也不敢耽搁，只有在换马时才略歇一口气。

斜阳拉长了万物的影子，道旁茂密的树林开始变得幽暗恐怖。树丛中传来的每一声异响、阴影中发出的每一点儿动静，都让威尔心惊肉跳，惶惶不安。

有时，是一只猫头鹰猝然尖叫一声，俯身抓住一只粗心大意的老鼠。有时，是一头野獾正在追捕猎物，如一道灰色的阴影掠过树底的灌木。每一点儿声音、每一点儿动静，都能激发威尔无限的想象。他总感觉自己看到了巨大的黑影——就和他想象中的卡尔卡拉一模一样——正潜伏在每一片幽暗的阴影中、每一丛微微晃动的低矮树丛里。理智告诉他，卡尔卡拉根本不可能追踪他到这里来；想象和恐惧却说，卡尔卡拉如今正逍遥法外，谁又能保证它们不在附近呢？

想象和恐惧说服了他。

就这样，漫长而充满恐惧的一夜终于过去了。黎明的微光温柔地抚过那瘦小而疲惫的身影，他蜷伏在马鞍上，一匹健壮、结实的小马正载着他坚定地朝西北方奔去。

正在马鞍上打盹儿的威尔突然惊醒过来，清晨第一缕温暖的阳光唤醒了他。他轻轻勒住塔格，小马停下脚步，低着头，身体不断耸动起伏。威尔意识到他骑塔格的时间太长了，恐惧使他驱策塔格奔过整个漫漫长夜，他早就应该换另一匹马，让塔格休息了。他僵硬地跳下马，感到浑身酸痛。他心疼地揉了揉塔格软乎乎的鼻子。

“对不起，好孩子。”他说。面对主人熟悉的爱抚和声音，塔格晃了晃脑袋，甩了甩蓬松的鬃毛。如果这是威尔的命令，它将毫无怨言、一刻不停地跑下去，直到它倒下。威尔环顾四周。清晨的阳光令人神清气爽，驱散了昨夜黑暗中所有的恐惧。现在回想起昨晚那些令人窒息的恐慌时刻，威尔感到有些好笑。他活动了一下僵硬的关节，松开了马鞍的系绳。他让塔格休息了十分钟，直到它呼吸平复，身体也不再耸动。威尔不禁对游侠坐骑的恢复能力大感惊奇，这回，他将马鞍套在布雷兹身上，跨坐上去，刚一抬腿，他就疼得呻吟出声。看来，游侠的坐骑恢复得很快，游侠的学徒还要多多锻炼。

当红山堡终于出现在一人二马的视野中时，已经接近中午时分了。

这时，威尔已经再度换回了塔格，这匹小马并未因为昨晚一夜的狂奔而有所懈怠。他们登上最后一排连绵的山丘，阿拉德男爵领地内的翠绿山谷就展现在他们眼前。

精疲力竭的威尔驻马暂息了片刻，瘫软地伏在马鞍上。他们做到了，这么远的距离，这么快就到了。

他遥望着熟悉的城堡，遥望着在城堡庇荫下井然有序的小小村庄。烟囱里升起袅袅炊烟，农夫们正从田里慢慢往家走，到午饭的时间了。红山堡巍然屹立于山顶，彰显着一股令人安定的力量。

"这看起来真是……如此平常的一天。"威尔对他的马说。

这时，威尔意识到，原来他一直以为这里会发生什么变化。在十五年的和平过后，王国又一次迎来了战争，而这里的生活却一切如常。

随后，他意识到自己正在浪费时间，于是拉紧缰绳，策动塔格全力向红山堡奔去——无论是威尔还是塔格都希望尽快完成这最后一程。

人们惊奇地望着骑马飞奔而过的小小身影，他身披灰绿色斗篷，低伏在那匹风尘仆仆的小马的脖子上，身后还跟着另一匹身形较大的栗色马。其中一些村民认出了威尔，大声打着招呼，但他们的话语很快淹没在嗒嗒的马蹄声中。

两匹马疾驰过通往城堡庭院的吊桥，嗒嗒的马蹄声变成了咚咚回荡的鼓声，而一踏入铺满卵石的庭院，咚咚的鼓声又变成了咔嗒咔嗒的蹄音。威尔稍稍一勒缰绳，塔格轻巧地减速滑行，正好停在阿拉德男爵的塔楼入口前。

两名守卫被突然闯入的不速之客吓了一跳，连忙将手中的长矛交叉一挡，拦住了他的去路。

“你，停下！”其中一名下士说道，“知道这里是哪里吗？这么匆忙想干什么？”

威尔刚准备回答，一个怒气冲冲的声音便从他身后响起。

“你们这些蠢货在干什么？你们看不出他是国王的游侠？”

来人正是罗德尼爵士，他正大步跨过庭院来参见阿拉德男爵。两名守卫立即站直了身子。威尔回过头，感激地望着战斗大师。

“罗德尼爵士，”他说，“我有一条霍尔特的紧急口信，要带给阿拉德男爵和您。”

正如在野猪狩猎之后霍尔特对威尔所说的那样，战斗大师是一个英明果决的人。他看到威尔衣衫不整，而两匹马风尘仆仆地站在那儿，低着头直喘气，就明白现在没有时间问那么多愚蠢的问题了。他当机立断，手指指向塔楼大门。

“那就快进来告诉我们吧。”说着，他又转向守卫，“将这两匹马牵下去好好照看，喂食喂水。”

“别喂太多，罗德尼爵士。”威尔立即接口道，“只喂一点儿谷子和清水就行。可以的话，请给它们擦擦身子。我很快还要用到它们。”

罗德尼闻言皱了皱眉。无论威尔还是这两匹马，似乎都应该好好休息一段时间才对。

“那情况一定很紧急了。”他说。然后他朝守卫吩咐道：“马匹的事，就按他说的做。让人送点儿吃的到阿拉德男爵的书房——对了，再来一壶冷牛奶。”

听到威尔带来的消息，阿拉德男爵和罗德尼爵士都不由得惊讶地吹了声口哨。他们已经得到情报称莫葛拉斯正在召集军队，而阿拉德男爵也已经派出使者去召集自己的军队，包括骑士和全副武装的士兵。至于卡尔卡拉的情况，红山堡的所有人都闻所未闻。

“你是说，霍尔特认为它们可能会刺杀国王？”威尔刚说完，阿拉德男爵就问道。威尔点点头，迟疑片刻，又补充道：“是的，大人。不过，我认为还存在一种可能性。”

他似乎不太愿意继续说下去，但阿拉德男爵示意他说清楚。

威尔终于说出了过去一天一夜里他心里逐渐形成的怀疑。

“先生……我怀疑，它们的目标可能是霍尔特本人。”

一旦将长久的怀疑说出口，将这份恐惧公之于众并接受评估，威尔感到心中的负担一下子减轻了许多。令他有些惊讶的是，阿拉德男爵并没有否定这个猜测，而是捋着胡子陷入了沉思。

“继续说。”阿拉德男爵显然想听听威尔的理由。

“霍尔特说，莫葛拉斯可能想要报复，报复他在上次战争中的对手。这么说来，正是霍尔特让他吃了最大的苦头，不是吗？”

“正是如此。”罗德尼爵士说。

“所以我想，也许卡尔卡拉一直都知道我们在追踪它们……那个平原人有大把时间去向它们告密。也许它们在引诱霍尔特追上它们，一直追到它们设下埋伏的地方。霍尔特以为自己在猎捕它们，实际上是它们在猎捕霍尔特。”

“戈兰的废墟正是最理想的陷阱。”阿拉德男爵表示同意，“那里是一片乱石岗，它们可以在霍尔特拉开长弓之前发动进攻。好了，罗德尼，不能再浪费时间了，我们俩马上出发。穿戴半甲就行，这样走得快些。带上长枪、战斧和宽剑。每人两匹马，像威尔来时那样交替骑马前进。一个小时后出发。让卡雷尔另外召集十名骑士跟在我们后面，越快越好。”

“是，大人！”战斗大师回答道。

阿拉德男爵转向威尔。

“你做得很好，威尔。现在交给我们吧。至于你，我想你需要八个小时好好睡一觉。”

威尔感到浑身的肌肉和关节都酸痛不已，但他还是挺直了身子。

“我想和您一起去，大人。”他说。他意识到阿拉德男爵可能不会同意自己的请求，又连忙补充道：“先生，没有人知道接下来会发生什么事，而且吉朗正在徒步行进，他需要马。还有就是——”他没有说下去。

“还有什么，威尔？”阿拉德男爵轻声问道。男孩再度抬起头，阿拉德看到他的眼里闪烁着坚定的光芒。

“霍尔特是我的老师，先生。他有危险，我要和他同生共死。”威尔说。

阿拉德男爵仔细地打量了他一番，然后做出了决定。

“很好。不过，你至少可以休息一个小时。那边的房间里有一张简易的小床，”他指了指书房另一侧拉着窗帘的地方，“你可以去躺一躺。”

“是，大人！”威尔满怀感激地说道。他感到眼睛里似乎揉进了沙子。这是他有生以来第一次如此兴高采烈地服从命令。

第29章

遭遇战

威尔在马鞍上度过了一整个漫长的下午，他开始觉得自己的前半辈子都是在马鞍上度过的。唯一的休息时间是每隔一小时换马的时候。

他们短暂地下马片刻，松开这匹马的马鞍系绳，套到一直跟在身后的另一匹马身上，然后再次出发。威尔一次又一次地惊叹于塔格和布雷兹的惊人耐力，它们自始至终都保持着平稳的小跑节奏。有时，威尔不得不稍稍勒住它们，放慢速度来配合阿拉德男爵和罗德尼爵士的高头大马。尽管那些战马高大强壮，训练有素，但仍无法与游侠在长途奔袭时表现出绝佳耐力的坐骑相匹敌——虽然刚刚上路时它们是那么精力充沛、生龙活虎。

一行人默默前进，一路无话。他们没有时间闲聊，即便有，几个人之间也很难交谈，只有战马仿若擂鼓的蹄声、塔格和布雷兹清脆明快的蹄声，以及骑士们的盔甲和武器不断发出的金属碰撞声不绝于耳。

阿拉德男爵和罗德尼爵士都带上了长枪，硬木制成的枪杆足有三码长，上面镶着沉重锋利的铁尖。此外，两个人的鞍边都挂着一把宽刃剑，这是一种巨大的双手握持的武器，相比之下，他们日常使用的佩剑倒显得娇小起来。罗德尼的马鞍右后方还挂着一把沉甸甸的战斧。不过，他们多半还是要用长枪，这种武器可以在中远距离击杀卡尔卡拉，避免骑士因距离太近而被那两只怪物的恐怖目光“冻结”。显然，那种催眠式的目光只能在近距离生效。如果对方看不清它们的眼睛，就不太可能被它们“冻结”。

在他们的身后，太阳逐渐西沉，长长的影子投在他们面前，因为角度的关系而显得怪异扭曲。阿拉德男爵回头看了一眼太阳的位置，叫住了威尔。

“威尔，距离太阳落山还有多久？”

威尔转过身子，皱起眉头，凝神注视着落下的夕阳。

“还有不到一个小时了，大人。”

阿拉德男爵忧心忡忡地摇了摇头：“这么说，想在天色完全黑下来之前抵达目的地是不太可能的了。”他敦促胯下的战马加快了一点儿速度，塔格和布雷兹毫不费力地跟上了战马的步伐。谁也不想在夜里追踪卡尔卡拉。

在城堡里安心休息的那一个小时曾令威尔如获新生，但现在那神奇的作用已经耗尽了。他回想起在他们离开红山堡时阿拉德男爵简单吩咐的那番话。如果他们在戈兰的废墟中找到了卡尔卡拉，威尔就后撤，让阿拉德男爵和罗德尼爵士发起冲锋。没有什么复杂精妙的战术，只有靠强攻才有可能放倒那两个可怕的怪物杀手。

“如果霍尔特也在那里，我相信他会来帮忙的。但我希望你远离危险，威尔。你的那把小弓无法对卡尔卡拉造成任何伤害。”

“是，大人。”威尔那时答道。他本来也不打算靠近卡尔卡拉。将它们交给这两名手持盾牌、头戴铁盔、身着半甲、系着绑腿的骑士，他是再乐意不过了。然而，阿拉德男爵接下来的话却打破了他对骑士战斗力的乐观幻想。

“如果那两个家伙打败了我们，我希望你立刻回头寻找增援。卡雷尔和其他人就跟在我们后面。你去接应他们，然后一同追上卡尔卡拉，再捕杀它们。”

威尔没有答话。阿拉德男爵和罗德尼爵士毫无疑问是方圆一百多英里内最优秀的骑士，但阿拉德男爵仍然考虑了溃败的情况，可见他对于打败卡尔卡拉并没有太大的把握。这也是威尔第一次意识到，原来他们在这场战斗中并没有什么优势。

太阳已经落入地平线，只剩最后一抹夕照将他们的影子拉得很长很长，而他们距离目的地还有好几英里。阿拉德男爵举起一只手，示意众人停下。他看了一眼罗德尼爵士，大拇指一跷，指了指每个人马鞍后面都挂着的一支浸过沥青的火把。

“点火，罗德尼。”他简短地命令道。战斗大师踌躇了。

“大人，您确定吗？如果卡尔卡拉就在附近，它们就能够通过火光的位置发现我们。”

阿拉德男爵耸了耸肩：“反正它们也会听到我们的声音。在树林里摸黑行进太缓慢了，无论如何，值得一搏。”

说着，阿拉德男爵已经掏出燧石和钢，点起了火。飞溅的火花使火把上的引火绒冒出一小股青烟，然后燃烧起来。他举起点燃的火把，火苗在触到火把上浸透的黏稠松脂后，突然迸发出明亮的黄色火焰。罗德尼爵士俯过身，借着阿拉德男爵的火也点燃了自己手中的火把。然后，他们将长枪用皮索绑在右手腕上，高举着火把继续飞驰向前。他们离开了自中午起就踏上的大道，一头扎进了漆黑的树林中。

十分钟后，他们听到了一声尖啸。

那是一种非人的可怕叫声，令他们的肚子里一阵翻江倒海，浑身血液冰凉。阿拉德男爵和罗德尼爵士下意识地勒住了马。他们胯下的骏马焦躁不安地拼命挣扎。那声音来自正前方，忽高忽低，整个夜空都笼罩在令人战栗的恐怖中。

“老天在上！”阿拉德男爵喊道，“那是什么声音？”这时，那仿佛来自地狱的声音又一次传来，而这一次，响起了与之呼应的另一声尖啸。阿拉德男爵的脸色一片惨白。

威尔曾经听到过这个声音。他意识到之前的忧虑真的成为现实了，血色唰地从他的脸上褪去。

“那是卡尔卡拉。”他说，“它们正在狩猎。”

而他知道，此时此刻，它们狩猎的目标只可能是一个人。它们正在猎杀霍尔特。

“看那边，大人！”罗德尼爵士指向远方的天空。透过树枝的缝隙，他们可以看到正在迅速变暗的夜空中闪烁着一道光，那是附近有人生火的证明。

“是霍尔特！”阿拉德男爵说，“错不了。我们快去帮忙！”

他用力一夹早已疲惫不堪的战马，催促它以最快的速度前进。他手中熊熊燃烧的火把在他身后留下一串转瞬即逝的残焰和火花，罗德尼爵士和威尔也立即拍马跟上。

那真是一幅奇异的光景，他们在火光的照耀下飞驰而过，两名骑士手中高举的火把上的火焰在风中猎猎舞动，长长的火舌在密林里投下怪异可怖的影子；在他们的前方，那一堆似乎由霍尔特点起的篝火也随着马蹄落下的每一步变得越来越近，越来越明亮。

他们几乎是毫无保留地从树林里奔出，闯入了一片仿佛是噩梦般的险境。

这里是一小片开阔的草地，不远处四散着许多碎裂的岩石和卵石。在巨大的建筑残骸上仍然可以看到曾经以泥浆黏合的痕迹，它们横七竖八地倒在地上，还有一些半埋在杂草丛生的松软泥土里。戈兰堡的三面残垣断壁环绕着这片废墟，最高的墙体也不超过五码高——在莫葛拉斯南下逃到雨夜山丘后，复仇心切的人们就把这里摧毁了。留在此地的乱石和倾圮的城墙就好像一套放大了尺寸的孩童积木，到处东倒西歪，七零八落，没有留下一片干净的地方。

照亮这一切的是他们面前大约四十码外的一堆熊熊烈火。就在火堆旁，一个恐怖的身影扭动着、尖叫着，满怀仇恨与愤怒，徒劳地扒拉着胸前的伤口。看来，那正是将它打倒在地的致命一击。

这只怪物身长超过八英尺[①]，体表浓密的毛发缠结在一起。卡尔卡拉有一对长过膝盖的手臂和利爪，双腿相对较短，但结实有力，能够以惊人的速度在地面上跳跃移动。在从树林里奔出时，三名骑手都立刻注意到了它的种种特征，但最令人印象深刻的当属它

① 英尺为英美制长度单位，1 英尺约为 0.3 米。——编者注

那张脸——那张猿猴似的脸上写满了嗜血残暴，巨大泛黄的尖牙突出脸颊，通红的眼睛里流露出凶光，充满了仇恨以及对杀戮的病态渴望。现在，那张脸转了过来，卡尔卡拉发出挑衅的尖啸，试图站起身子，随后又踉踉跄跄地半蹲在地。

“它怎么了？”罗德尼爵士勒住马，问道。威尔指着它的胸口。卡尔卡拉的胸口上至少插着八支箭，每支箭之间相距不超过一掌。

“看！”他大叫道，“看它胸口上的箭！”

霍尔特的箭术简直不可思议，他一定是瞄准卡尔卡拉快速移动的模糊身影，一连串地射出了许多箭，让它们一支接一支地穿透它那虬结如铠甲的毛发，撕开它的防御，直到最后一箭深深刺入它的血肉。卡尔卡拉喷涌的黑血如瀑布般顺着它的身体流下，令它再次发出愤怒的咆哮。

“罗德尼！”阿拉德男爵吼道，“快！和我一起上！”

他松开另一匹马的缰绳，把燃烧的火把抛向一旁，解开了绑在手腕上的长枪，向受伤的卡尔卡拉冲去。罗德尼爵士紧随其后，两匹战马迅如雷霆地奔过开阔的草地。卡尔卡拉的脚下已经聚起了一摊小小的血泊，它勉强站起身迎战，正好被两支长枪一前一后地刺穿了胸膛。

毫无疑问，它这次死定了。然而，这只怪物仅仅依靠自身的体重和力量就硬生生地阻止了战马的冲锋。两匹马高高地抬起了前腿，只以后蹄站立，与此同时，阿拉德男爵和罗德尼爵士奋力向前，将长枪用力刺出。尖锐的枪头穿透了卡尔卡拉厚重的毛发铠甲，它终于没有挡住这次冲锋的威力，双脚离地，直接被长枪挑进了它背后的熊熊烈火中。

有那么一会儿，时间仿佛凝固了。然后，一刹那，一道十码多高的炫目火光直冲夜空，卡尔卡拉就这样消失了。

两匹战马再次惊恐地直立起来，罗德尼爵士和阿拉德男爵好不容易才在马背上坐稳。他们从火堆旁退开，空气中弥漫着毛发和血肉烧焦的恶臭。威尔隐约想起霍尔特曾与他们讨论过该如何对付卡尔卡拉。他说过，传说中卡尔卡拉最怕火。只是传说，威尔心情沉重地想着，驱策塔格走到两名骑士身边。

罗德尼爵士揉着眼睛，还没从刚刚的炫目火光中恢复过来。

“这到底是怎么回事？”他问。阿拉德男爵小心翼翼地从火堆中抽出自己的长枪。枪杆烧焦了，枪头也变黑了。

“肯定是把它们的毛发硬结成铠甲的那层蜡。”阿拉德男爵的声音里充满惊奇，“那种蜡肯定是一种高度易燃的物质。”

“好吧。无论如何，我们总算把它干掉了。”罗德尼爵士满意地说。男爵摇了摇头。

“不是我们，是霍尔特。”他纠正了战斗大师的说法，“我们只是送了它最后一程。”

罗德尼爵士点点头，表示同意他的说法。男爵又瞥了一眼火堆，空气中仍然飘舞着漫天的火星，但相比于刚才的突然喷发，火焰已经稳定下来了。

“他一定是在发现它们开始迂回包围自己后就立刻生了这堆火。这堆火照亮了周围的区域，也使他获得了射箭的视野。”

“他的箭术是真的厉害。”罗德尼爵士接口道，“所有这些箭都钉在了一两英寸之内。”

他们四下张望，搜寻霍尔特的踪迹。在城堡的一处断壁下，威尔看到了一样熟悉的东西。他翻身下马，跑过去把它捡了起来。他拾起的是霍尔特惯用的那把长弓，如今已经裂成了两段。威尔的心一沉。

“他一定是在这里射的箭。”威尔指着他在断壁下发现长弓的地方说。他们纷纷抬起头，试图想象当时的场景。威尔把碎裂的武器交给男爵，然后跨上了塔格。

“一定是在霍尔特射杀第一只卡尔卡拉时，第二只卡尔卡拉赶到了。”他说，“现在的问题是，霍尔特现在在哪儿？另一只卡尔卡拉又在哪儿？”

就在这时，他们又听到了那熟悉的尖啸。

第30章

废墟混战

坍塌的庭院里杂草丛生，霍尔特正蹲伏在莫葛拉斯旧日堡垒的一片残垣旁。他的腿上刚刚被卡尔卡拉抓伤的地方开始发麻，一阵阵地抽痛起来。他能感觉到鲜血正透过临时包扎的绷带慢慢渗出来。

他知道第二只卡尔卡拉正在附近搜寻自己。他不时能听到它拖动脚步路过的声音。有一次，当它穿过两面倒塌的城墙靠近他的藏身之处时，他甚至能听到怪物那刺耳的喘息。他很清楚，卡尔卡拉找到他只是时间问题——到那时，他就死定了。

霍尔特受了伤，而且失去了他的武器。那把长弓不知道落到哪里去了，在迎接第二只卡尔卡拉发起的第一次致命冲锋时，那把弓就折断了。当时他朝着第一只怪物连续射出了许多箭。他清楚那把长弓和锋利沉重的箭镞威力多么惊人，所以当他看到那只怪物在承受了连番箭击后依然凶猛地扑上来时，他简直无法相信自己的眼睛。等到第一只怪物终于倒下时，霍尔特已经无暇去对付它随后赶来的同伴了。第二只卡尔卡拉向他径直扑来，孔武有力的巨爪只一击就将长弓从他的手中打落，断成两截。霍尔特只能在千钧一发之际翻过断壁，暂避锋芒。

第二只卡尔卡拉手脚并用，在他身后穷追不舍。霍尔特只能拔出萨克斯刀，朝怪物那骇人的脑袋砍去。但卡尔卡拉的动作实在太快了，沉重的大刀最后只是劈中了它铠甲般坚硬的小臂。就在这时，霍尔特发现自己已经迎面对上了怪物那双充满仇恨的红眼。他感到自己的意识正在逐渐飘走，全身的肌肉也开始因为直面怪物的恐惧而无法动弹。他费了好大的力气才将视线从怪物的凝视中挪开，踉踉跄跄地后退了几步。巨熊似的怪物一爪挥下，沿着他的大腿用力一撕——现在，连萨克斯刀也没了。

霍尔特拔足狂奔，现在他血流如注，手无寸铁，只能希望这迷宫一样的废墟能帮助他摆脱卡尔卡拉的追捕。

霍尔特是在临近傍晚时发现卡尔卡拉的异常的。它们原先不偏不倚朝着东北方向前进的轨迹陡然发生了变化，两只怪物突然分头行动，各朝两边转了九十度，然后分头潜入了周围的树林中。在此之前，它们可以说是大摇大摆地留下了许多可供追踪的痕迹，而这时它们开始有意隐藏踪迹，只有游侠这样经验丰富的追踪者才能发现它们的蛛丝马迹。意识到卡尔卡拉在诱捕自己，就连霍尔特心中也升起了多年来久违的恐惧。

戈兰的废墟近在眼前，于是他选择将那里作为据点，而不是继续停留在树林里。他将阿伯拉德牵到一个安全的位置，然后朝废墟走去。他知道，一旦夜幕降临，卡尔卡拉就会发动袭击，所以他只能尽自己所能做好准备，首先就是收集大量可以点火的枯木。他甚至在城堡废弃的厨房里找到了半罐食用油，尽管这半罐油早已腐败发臭，但依然可以燃烧。他将油倒在堆好的木柴上，然后躲进了一个背靠墙壁的位置。他事先制作了几个火把，确保它们能在黑暗中持续燃烧，然后等着那两个嗜血的杀手找上门来。

霍尔特还没有看到它们，就已经察觉到了它们的气息。很快，他就看到树林深处钻出了两个漆黑蹒跚的身影，而它们也立即看到了他，因为他身后的墙上正插着一支火把，清楚地映出了他的身形。它们没有看到那堆浇了油的柴火，而这正合霍尔特的心意。当它们尖啸着向他扑来时，他将燃烧的火把掷到火堆上，黑夜中立刻蹿起了一道明亮的火光。

两只怪物暂时停下了脚步。火是它们唯一的天敌。但它们发现游侠并不在火堆附近，于是又继续扑了过去——迎面而来的是霍尔特射出的无情箭矢。

如果它们与霍尔特之间的距离再远一百码，或许他可以设法同时制伏这两只怪兽。他的箭袋里还有十几支箭。然而，时间与距离都对他极其不利，他只能走为上策。如今，他正躲在两块倒塌的石壁构成的三角形缝隙里，全身一动不动地贴在地面的浅浅凹陷中，和往常一样让斗篷遮住他的身体。现在他唯一能够指望的就是威尔带着阿拉德男爵和罗德尼爵士一同赶来。只要能在救援到达前避过这只怪物的搜索，他就还有一线生机。

他尽量不去思考另一种可能性——如果吉朗赶在威尔之前抵达，他孤身一人，只带着一弓一剑。在这一次实际交手后，霍尔特已经知道，一个人是不可能单枪匹马和一只卡尔卡拉战斗的。如果吉朗比骑士们先到，他和吉朗就都完了。

这只怪物现在正像搜寻猎物的猎犬一样检查整座废弃的庭院，前后左右地仔细翻找每一个地方、每一条缝隙、每一处藏身之所。霍尔特知道，再这样下去，它一定会找到他。他伸手摸了摸飞刀的刀柄，这是他现在唯一的武器。这么一把小刀几乎无法构成像样的防御，但他只剩下它了。

这时，他听到了马蹄的声音——几匹战马擂鼓般的蹄声。他微微抬起头，透过残垣的缝隙观察卡尔卡拉。显然，它也听到了那个声音。现在它立起了身子，把头转向城墙的外围。

马蹄声停下了，随后传来的是那只受了重伤的卡尔卡拉对着新出现的敌人发出的嘹亮的尖啸。然后，马蹄声再一次响起，速度越来越快，越来越响。紧接着是一声咆哮，然后一道通红的火柱直冲云霄。霍尔特隐约可以猜出是第一只卡尔卡拉被扔进了火里。他开始慢慢向后挪动身子，从刚刚的藏身之处钻出来。或许他可以趁剩下的这只卡尔卡拉无暇旁顾之时避开它的耳目，找机会从侧面爬上石壁，发动偷袭。现在它的注意力已经完全被外面发生的事吸引住了，这真是天赐良机。然而，霍尔特尽管有心这么做，却发现自己其实别无选择。虽然这只卡尔卡拉似乎暂时忘记了他的存在，但此时它开始蹑手蹑脚地朝墙边的半截石柱走去——沿着这段石柱就能爬上墙顶。

这样，几分钟之后，它就会突然出现在他那几位毫无防备的同伴面前，打他们一个措手不及。霍尔特知道自己必须阻止它。

现在，霍尔特已经离开了他最初藏身的地方。他迅捷地穿梭在废墟之间，那把小刀仿佛有自己的意志一般悄悄地脱离了刀鞘，滑进了他的手里。他还没跑出几步，卡尔卡拉就听到了他的动静。它一语不发地追了上来，如同猿猴般大步跳跃着，打算赶在他出声示警之前解决他。

霍尔特突然停下脚步，一动不动地望着远处蹒跚追来的黑影。

再近几码，怪物那催眠的目光就会控制他的心智。他感到自己越来越无法控制要去看一看那双红眼睛的冲动，于是干脆闭上眼睛，眉头紧锁，然后举起了手中的小刀。他仿佛透过脑海中的眼睛看清了目标的移动轨迹，又在心里默默预想了投掷的路线和刀身旋转的方位，确定飞行的小刀将与目标在同一时间抵达某个位置——然后，手腕略微后仰蓄力，猛地掷了出去。

只有游侠，也只有游侠中的佼佼者，才能掷出如此精彩的一刀！飞刀正中卡尔卡拉的右眼，这只怪物旋即发出痛苦而愤怒的咆哮。突如其来的剧痛透过眼球一直烧到大脑的痛觉神经，令它不得不停下脚步，捂住眼睛。霍尔特趁此机会朝它身后的石壁跑去，三两下就爬了上去。

威尔率先发现了城墙顶上那个模糊的身影。尽管模糊，但有些东西是威尔绝不可能认错的。

“霍尔特！”威尔指着城墙顶上大叫起来，阿拉德男爵和罗德尼爵士也因此看到了霍尔特。然后他们看到游侠停顿了片刻，回头看了看，似乎在犹豫。他身后不远处出现了一个巨大的黑影，正是受伤的卡尔卡拉追了过去。它的伤口很疼，但并不致命。

阿拉德男爵先上了马，随后意识到没有一匹马能在废墟的乱石和残垣间行进，于是他又下了马，从马鞍旁抽出了那把巨大的宽刃剑，朝废墟奔去。

“躲好，威尔！”他一边朝前跑，一边叫道。威尔紧张地驱策塔格回到树林的边缘。

城墙顶上的霍尔特听到了下方的呼喊，也看到阿拉德男爵正在朝自己奔来。罗德尼爵士紧随其后，手里挥舞着一把巨大的战斧。

“跳下来，霍尔特！跳！”罗德尼爵士大吼道。霍尔特不需要更多催促，便从三码高的城墙上一跃而下，就地一滚，化解了落地的冲击。不过他腿上草草包扎的伤口还是裂开了，他只能一瘸一拐地奔向两名骑士。

威尔看着霍尔特，心都提到了嗓子眼儿。城墙上的卡尔卡拉犹豫片刻，发出一声令人毛骨悚然的尖啸，追在后面跳了下来。霍尔特需要借助翻滚才能缓冲落地的冲击，卡尔卡拉却不需要。它那强壮有力的后肢将这三码的落差化作向前的一跃，一起一落之间就追上了率先跳下的霍尔特。它挥舞着强壮的手臂，侧面一掌就把霍尔特打得向前扑倒，昏死过去。不过，它没能继续攻击，因为此时阿拉德男爵已经大步赶到，宽刃剑划出一道优美的弧线，朝它的脖子劈了下去。

卡尔卡拉的动作迅捷无比，它避开了这致命的一击，反身一爪击向阿拉德因为前冲的惯性而毫无防备的后背。在它的利爪之下，厚重的铠甲仿佛成了纸糊的玩具，阿拉德男爵大感意外，痛苦地呻吟了一声，跪倒在地。宽刃剑从他的手中滑落，他的背上留下了六道深深的爪痕，一时间血流如注。

此时，罗德尼爵士及时赶到，救了阿拉德男爵一命。战斗大师挥舞着手中沉重的战斧，像玩玩具似的转了几圈，然后砸向了卡尔卡拉的身体一侧。

卡尔卡拉身上那层覆着蜡的毛发铠甲再次抵御住了这次攻击，但战斧沉重的一击仍令它摇摇欲坠，踉踉跄跄地从阿拉德男爵身边退开。它愤怒而懊丧地再次尖啸起来。罗德尼爵士步步紧逼，用自己的身体挡住了倒在地上的霍尔特与阿拉德男爵。他站稳身子，挥起斧头，准备再次给予怪物致命的一击。

就在这时，奇怪的事情发生了。斧头从罗德尼爵士的手中落下，他呆呆地站在那只怪物面前，完全任凭其摆布——卡尔卡拉的凝视通过它仅存的那一只眼睛发挥了作用，它完全剥夺了罗德尼爵士的意志和思考的能力。

夜空中响起了卡尔卡拉得意的尖啸。黑血顺着它的脸庞流下来，在它的一生中，还从未有人像面前这三个渺小的人类这样带给它如此多的痛苦。而现在，他们将因胆敢反抗它而被处死。它那缺乏智慧的简单头脑无法克制自己的喜悦，对着三名无助的俘虏一遍又一遍地尖啸着，宣告着自己的胜利。

威尔看着眼前的这一幕，吓呆了。但此时，一个想法正在他的脑海里渐渐形成。他看了一眼阿拉德男爵刚刚扔在地上的火把。火——唯一能打败卡尔卡拉的武器。但威尔现在距离它足有四十码远……

他从箭袋里抽出一支箭，轻快地滑下马鞍，悄悄朝地上的火把跑去。大量熔化了的黏稠沥青正顺着火把流下来，他迅速将箭镞插进软乎乎的黏稠物质里，很快，上面就裹满了沥青。他又把箭镞伸进火焰里，直到箭镞上的沥青也熊熊燃烧起来。

就在远处，那只邪恶的生物仍在炫耀自己的胜利，一声接一声的尖啸回荡在夜色中。它的脚下躺着两个人，霍尔特早已昏死过去，阿拉德男爵则在一旁痛不欲生。罗德尼爵士仍然呆立在原地，两只手无助地垂在身旁，等待着死亡的到来。卡尔卡拉已经举起了一只巨大的利爪，准备将他杀死；而罗德尼爵士所能感受到的，只有它的凝视所带来的无尽恐惧。

威尔搭上箭，将弓弦拉满。箭镞上的火焰同样灼烧着他的手指，令他忍不住缩了缩手。他将准星稍稍抬高，以使射出去的箭羽足以承受沥青带来的额外重量。然后，他松开了手。

那支箭在空中划出一道火花四射的弧线，强劲的风力将火焰压成了一小团明灭不定的火星。卡尔卡拉看到那一道闪光，转过头来，而它的命运也就此定格——威尔的一箭正中它的胸膛。

这一箭无法穿透它那厚重的毛发铠甲，但在箭镞停下的刹那，火苗再次燃起，点着了粘在毛发上的蜡质层，火焰一下子以惊人的速度蔓延开来。

这一次，卡尔卡拉的尖啸声中充满了恐惧，它感受到了火的灼热——它一生中最害怕的东西。

那只怪物慌忙用爪子去扑打胸口的火焰，但这只会让火势蔓延到它的手臂上。突然，一股红色的火焰冲天而起，仅仅几秒之后，卡尔卡拉就完全被火焰吞没，从头到脚都在燃烧。它盲目地四下奔逃，试图逃离这片火海，但一切都已经无济于事了。火势越来越大，它不住地尖叫，那声音越来越高，越来越刺耳，其中蕴含着令人无法理解的痛苦。

突然，那声音戛然而止，它死了。

第31章

欢聚一堂

温斯利村的小客栈里充满了欢快的音乐和笑声。威尔与贺拉斯、艾莉丝、珍妮一同聚在桌前，客栈老板为他们奉上了一顿丰盛的晚餐：鲜嫩多汁的烤鹅、新鲜农家蔬菜，还有一份美味的蓝莓派——那酥脆的饼皮甚至连珍妮都赞不绝口。

在威尔回到红山堡后，贺拉斯就提出应该请他美餐一顿以示庆祝。两个女孩立即表示同意，她们也想摆脱日复一日的课业，好好放松一下。何况，比起威尔惊险刺激的经历，她们的日常生活就显得相当平淡乏味了。

自然，威尔他们与卡尔卡拉的战斗早已如同野火燎原传遍了整个村子（威尔觉得这个灵光一现的比喻很恰当）。因此，他和朋友们一踏进客栈，屋子里顿时安静下来，每个人都转过头来看着他。威尔不得不感谢自己斗篷上的大兜帽，至少遮住了他一下子涨红的脸。威尔的三个同伴都察觉到了他的尴尬，和往常一样，又是珍妮最先反应过来，打破了尴尬的沉默。

"你们怎么啦？"她快活地朝壁炉旁的乐手叫道，"唱点儿曲子来听听吧！让大家开开心心地聊聊天！"她瞟了一眼房间里的众人，又补上了后面那一句。

乐手这才回过神来。没有人能拒绝珍妮这样的女孩子。于是他们很快唱起了一首最近流行的曲子，欢快的歌声再次回荡在房间里。其他村民也意识到他们过于直白的关注让威尔感到很不自在，于是稍稍收敛好奇，又相互交谈起来，但还是时不时朝这个方向瞟上两眼，对于这么小的孩子竟然参与了那样惊天动地的大战而感到惊奇不已。

四位抚养院的同伴挑了一张靠里的桌子坐下，他们可以在这里不受干扰地好好聊一聊。

"乔治让我替他道个歉。"四人依次坐下，艾莉丝开口道，"他已经被埋在小山一样的文件底下了——整个书记学校都忙得不可开交。"

威尔深表理解地点了点头。与莫葛拉斯的战争迫在眉睫，贵族们忙于召集军队、联络旧日的同盟，频繁的书信往来一定会带来许多文书工作。

在击败卡尔卡拉之后的这十天里发生了太多的事。

罗德尼和威尔先在废墟旁搭了一个简易的营帐，为阿拉德男爵和霍尔特简单地处理了一下伤口，安顿他们睡下。天亮之后不久，焦急地寻找主人的阿伯拉德也找到了他们的营地。威尔刚刚安抚好焦躁的阿伯拉德，累得已经走不动路的吉朗也终于骑着一匹跛脚的农家马出现了。高个子游侠终于满怀感激地与他的爱马布雷兹重逢了。之后，在确认霍尔特并无性命之虞并拜托威尔替他将农家马物归原主后，他几乎是马不停蹄地赶回了自己的领地。

当天的晚些时候，威尔、霍尔特、罗德尼爵士和阿拉德男爵四人回到了红山堡，而迎接他们的是堆积如山的工作，包括动员城堡的军队做好打仗的准备。他们有无数琐碎的事情要安排、无数往来的书信要寄送、无数征召的命令要发出。鉴于霍尔特还在养伤，这些工作大部分都落到了威尔头上。

威尔意识到，在这样的关键时刻，游侠几乎没有一点儿休息时间，而今晚的聚餐就成了一次难得的放松的机会。客栈老板郑重其事地走了过来，为他们摆上四个玻璃酒杯和一壶不含酒精的姜汁饮料。

“今晚这桌不收钱。”他说，“游侠大驾光临，真令小店蓬荜生辉。”

老板转身离开了，又叫来一名侍者专门为他们这一桌服务，还不忘叮嘱一句：“放机灵点儿！”艾莉丝惊讶地挑起一边的眉毛。

“真是沾了大英雄的光。”她说，“斯金纳这个老头儿平常可是一个子儿都要紧紧攥在手里的，硬币上的国王都要被他掐死了。”

威尔却不以为意：“他们总是夸大其词。”但贺拉斯已经将双肘支在桌子上，将上身探了过来。

“说说那场战斗吧。”贺拉斯太想知道事情的经过了。珍妮也瞪大了眼睛望着威尔。

“真不敢相信，你竟然那么勇敢！”她钦佩地说，“换作是我，肯定吓死了。”

“实际上我当时也吓坏了。”威尔露出一丝苦笑，“真正的勇士是男爵和罗德尼爵士。是他们俩冲上去和那两只怪物近身搏斗，我只是远远地待在四五十码以外的地方。”

威尔向同伴们讲述了战斗的经过，但是对卡尔卡拉，他没有进行太详细的描述。现在，它们完全灭绝了，他想，最好还是快点儿忘掉它们，那可不是什么值得铭记的回忆。另外三人专注地听着，珍妮兴奋得睁大了眼睛，贺拉斯迫切地想要知道打斗的细节，而艾莉丝则和往常一样，表面上波澜不惊，实际上早已听入迷了。当威尔说到自己如何单骑赶回红山堡寻求救援时，贺拉斯佩服地摇了摇头。

“游侠的马匹一定有什么独特的训练方法。”他说。威尔冲他一笑，深有同感。

“它们确实是大功臣。”说着，威尔看到贺拉斯也朝他露出了会心的一笑。看来，他们都想起了丰收节当天的情景。威尔意识到他与贺拉斯之间已经建立了一种牢固的友谊，他们现在是平等相待的朋友了，这个想法让他感到一阵高兴。威尔不想一直占据话题的焦点，于是便问起贺拉斯最近在战斗学校过得怎么样。说到这个话题，高大的男孩的脸上露出了更灿烂的笑容。

“多亏了霍尔特，最近这些日子可好多了。”他一边说着，威尔一边巧妙地引导着话题，问这问那。而贺拉斯也就顺势聊起了他在战斗学校的日常生活，还时不时拿自己的错误和缺点开开玩笑，在聊到自己因为犯错而受到的惩罚时，连他自己都忍不住笑了出来。威尔注意到，相比于过去那个爱吹牛皮、自视甚高的男孩，贺拉斯现在已经变得谦逊多了。他想，贺拉斯在战斗学校的实际表现一定比他现在所说的要优秀得多。

这真是一个愉快的夜晚，尤其是在经历了追捕卡尔卡拉的那紧张而恐怖的一役之后，威尔已经很久没有这么放松过了。在侍者收走他们的餐盘之后，珍妮满怀期待地笑着转向两个男孩。

“好了！现在谁想和我跳舞？”她快乐地叫道。威尔的反应慢了半拍，贺拉斯牵住了珍妮的手，两个人一同走到舞池里去了。他们很快融入了跳舞的人群，威尔有些不知所措地瞥了一眼艾莉丝。他其实经常搞不清楚这个高个子女孩心里在想什么。不过他想，出于礼貌，此时或许应该邀请她跳一曲。他紧张地清了清嗓子。

“嗯……或许，你愿意和我跳一曲吗，艾莉丝？”他有些尴尬地问。艾莉丝微微一笑。

“不了吧，威尔。我不太会跳舞，个子太高，笨手笨脚的。”

实际上，艾莉丝很会跳舞。不过，作为一名天生的外交家，她能感觉到威尔只是出于礼貌才出言邀请。威尔点了点头，两个人一时陷入了沉默，不过，氛围依然很友好。

过了一会儿，艾莉丝转过头，用手托着下巴，仔细地打量着威尔。

“明天可是个大日子呀。”她说。威尔的脸红了。第二天，男爵将在全体臣民面前接见威尔。

“我实在不知道是怎么回事。”他喃喃道。艾莉丝又笑了起来。

“那位大人恐怕是想当众感谢你。”她说，“听说贵族们会以此表彰那些救了自己性命的恩人。”

威尔本想再说些什么，但这时，艾莉丝将一只柔软而凉爽的手搭在了他的手上。威尔停了下来。他望着那双安静的、含笑的灰色眼睛。他过去从来没觉得艾莉丝是个漂亮女孩。但现在，他第一次注意到了她的高贵、她的优雅，还有那一双灰色的眼睛，在一头金色秀发的映衬下，呈现出一种绝不可被简单归结为“漂亮”的天然的美丽。更令他惊讶的是，艾莉丝凑近他，放轻了声音。

“我们都为你感到骄傲，威尔。或许我是最骄傲的那一个。”

说着，她吻上了他的嘴唇。她的双唇是那么柔软——不可思议、无以言表的柔软。

几个小时后，当威尔终于沉入梦乡时，他的嘴唇上还依稀残留着那份柔软的触感。

第 32 章

游侠的荣耀

一踏进阿拉德男爵的会客大厅，威尔就完全被眼前的阵仗唬住了。

会客厅十分宽敞。这是这座城堡的主厅，也是阿拉德男爵与下属官员执行所有公务的正式场所。天花板很高，一眼望不到顶。宏伟的墙壁上开着高高的窗，明亮的日光从窗口倾泻而下。在大厅的另一头，距离门口很远很远的地方，阿拉德男爵身着他最华丽的礼服，端坐在一把像王座一样高大肃穆的座椅上。

威尔与阿拉德男爵之间的这段走道两旁站着许多人，威尔从来没有见过这么多人。霍尔特在后面轻轻推了自己的学徒一把。

“去吧。”他低声说。

大厅里足有好几百人，每个人的目光都落在了威尔身上。阿拉德男爵的所有技艺大师都身着正式礼服站在一旁。还有阿拉德男爵的骑士们、宫廷女眷们，所有人都盛装打扮现身于这个重大的场合。再往下是军队里的士兵、其他技艺大师的学徒和村里的大商户。他看到一抹彩色上下翻飞，那是珍妮正毫不拘束地冲他挥舞手绢。她身边的艾莉丝则表现得很矜持，只是轻轻地吻了吻自己的指尖，向他送出了一个隐秘的飞吻。

他局促地站在原地，重心不停地从一只脚换到另一只脚上。他多么希望霍尔特允许他披上游侠的斗篷，好让他就这样原地融入背景，消失在众人的面前。

霍尔特又推了推他。

“去啊！”他从牙缝里挤出一句话。

威尔转过身望着他。“你不和我一起去吗？”他问。霍尔特摇了摇头。

“又没人请我。快点儿上去！”

说着，霍尔特又推了威尔一把，然后就扶着自己的伤腿一瘸一拐地坐到一边去了。威尔发现自己实在无路可退了，只能硬着头皮踏上了那条长长的走道。他听到周围的人议论纷纷，不停有人小声地提到他的名字。

这时，掌声响了起来。

带头鼓掌的是一名骑士的夫人，于是所有人都鼓起掌来，掌声很快传遍整个大厅。雷鸣般震耳欲聋的掌声一直将他送到阿拉德男爵的座前。

他按照霍尔特之前的教导，单膝跪下，同时低下了头。

阿拉德男爵站起身，举起一只手示意众人安静，掌声这才停下，余音绕梁。

“威尔，请起。”阿拉德男爵低声说着，伸出一只手将男孩扶起。

威尔晕晕乎乎地站了起来。阿拉德男爵将一只手搭在他的肩上，让他面朝众人。阿拉德男爵低沉的嗓音很快便传遍了大厅里的每一个角落。

“这就是威尔，这片领地的游侠霍尔特的学徒。现在，我请你们所有人看着他，记住他。他已经向这片领地及阿拉伦王国证明了他的忠诚、勇气和果敢。”

人群中又响起了一片赞叹之声。掌声又一次响起，这一次还伴随着欢呼。威尔注意到最初的欢呼是从战斗学校的学员们所在的位置传来的，他看到了贺拉斯灿烂的笑脸，他的欢呼声是最大的。

阿拉德男爵再次举起手示意安静，这个动作牵动了他断裂的肋骨以及背后精心缝合包扎的爪痕，疼痛使他不禁皱了皱眉。掌声渐渐平息。

“威尔，”阿拉德男爵的声音回荡在大厅最远的角落里，“你救了我的命，对此我感激不尽。幸好，我有能力实现你曾经向我许下的一个愿望……”

威尔皱着眉头，望向阿拉德男爵。

“先生，您是说，一个愿望？”他对阿拉德男爵的话露出一副大惑不解的表情。

阿拉德男爵点了点头：“我犯了一个错误，威尔。你曾经问过我，你是否能够成为一名战士。你原本希望能够成为我的骑士，而我拒绝了你。

“现在，我可以弥补这个错误了。拥有这样一名有勇有谋的骑士，我将倍感荣幸。只要你一句话，你随时可以转入战斗学校，成为罗德尼爵士的学徒。”

威尔的心怦怦直跳。他想起自己曾经多么想要成为一名骑士。他想起选拔日那天的情景，罗德尼爵士和阿拉德男爵拒绝了他的申请，他是多么痛苦、多么失望。

罗德尼爵士此时已经走上前来，阿拉德男爵示意他可以开口了。

“大人，”战斗大师说道，“您知道，那一天是我拒绝了这个孩子成为我的学徒。然而今天，我希望告诉所有人，是我错了。我本人、我麾下的骑士，还有我的学徒，我们都认为威尔有足够的资格成为战斗学校的优秀一员！”

一旁的骑士和战士学徒们欢声雷动。随着一阵金属摩擦声，他们拔出佩剑，在头顶相互敲击，同时大喊着威尔的名字。这次，又是贺拉斯起的头，也是他最后一个放下剑。

欢呼声渐渐平息，骑士们重新将佩剑插入剑鞘。在阿拉德男爵的示意下，两名侍从走上前来，将一柄宝剑和一面漆饰的华丽盾牌放在威尔脚边。盾牌上画着一头凶猛的野猪的头像。

“等你毕业后，这就是你的纹章，威尔。”男爵温和地说，“这个野猪头像将向全世界昭告，这是我们第一次见识你非凡的勇气以及对同伴的忠贞。”

威尔再次单膝跪地。他摸了摸盾牌上光滑的漆饰，又恭恭敬敬地拔出了宝剑。这真是一件漂亮的武器，铸剑大师的杰作。

剑刃薄而锋利，微微泛着青光。剑柄与横档上都嵌着黄金，剑柄的圆头上同样绘着野猪头的纹样。这柄宝剑仿佛有自己的生命，握在手中就像羽毛一样轻盈。他看了看镶着宝石的华丽宝剑，又看了看游侠双刀那朴实无华的皮革刀柄。

“这就是骑士的武器，威尔。”男爵催促道，“你已经不止一次地证明了你配得上它们。只要你一句话，它们就是你的了。”

威尔将宝剑插回剑鞘，慢慢地站了起来。这就是他曾经如此渴望的一切。然而——

他想起自己与霍尔特在森林里一同度过的时光；他想起当他第一次完全按照自己的预想射中箭靶时，那丰盈于心的满足；他想起自己如何学习追踪不同的动物和人；他想起自己如何潜心学习隐藏身形的技艺；他想起塔格，想起那匹小马的勇敢与忠诚；他想起每当自己出色地完成一项任务时，霍尔特那句简单的“干得好”给他带来的最纯粹的快乐。

突然之间，他想明白了。他抬头望向阿拉德男爵，以坚定的口吻说道：

“可我是游侠，大人。”

人群中爆发出一阵诧异的窃窃私语。

阿拉德男爵向他走近了一些，以低沉的声音说道：“威尔，你确定吗？不要因为担心霍尔特不高兴或不满意而拒绝这份荣誉。我已经和他谈过了，他表示一切都在于你的选择。他对你的决定绝无异议。”

威尔摇了摇头。此时此刻，他比任何时候都能确定自己的心意。

“非常感谢您的好意，大人。”他瞥了一眼战斗大师，却惊奇地发现战斗大师正赞赏地望着他，并且笑着点了点头，“也谢谢战斗大师和骑士们给予我这份殊荣。但是，我是一名游侠。”他迟疑片刻，又尴尬地补充道："我真的无意冒犯，大人。"

阿拉德男爵笑逐颜开，紧紧地握住了威尔的手。

"我并没有感到冒犯，威尔，一点儿也没有！你对你的技艺和老师的忠诚令每一个认识你的人都与有荣焉！"阿拉德男爵最后一次握着他的手摇了摇，然后松开了。

威尔鞠了一躬，转身沿着那条长长的走道退下。欢呼声再次响起，但这一次，威尔昂首挺胸地走了下去，身旁欢声雷动，响彻大厅。在走到大厅门口时，他仿佛看到了一件世间最最奇怪的事，不由得惊讶地停住了脚步。

霍尔特站在离人群稍远的地方，仍旧披着那件灰绿色的花斑斗篷。斗篷的兜帽遮住了他的眼睛，但他的嘴角露出了一个笑容。

尾声

遥远的回忆

下午晚些时候，当一切喧嚣都已褪去，诸事尘埃落定，威尔独自一人坐在霍尔特小屋的走廊上。他的手里拿着一枚小小的青铜吊坠，橡叶形状的吊坠上有一个小小的圆孔，一条细细的钢链从中间穿过。

“这是我们的标志，”在城堡的典礼结束后，霍尔特将这个吊坠交到他的手上，“相当于游侠的纹章。”

说着，霍尔特从自己的衣领里摸出一条项链，上面也挂着橡叶吊坠。虽然橡叶的形状一模一样，但霍尔特的坠子是白银制成的。

“青铜是学徒纹章的颜色。”霍尔特告诉他，“等你完成训练后，你就会收到这样一枚银色的橡叶吊坠。游侠组织里的每个人都佩戴它，铜的或者银的。”霍尔特的目光从他身上转开，几分钟后，有些沙哑的嗓音再度响起：“严格来说，你应该在通过第一次评估后才能收到这个。不过，照目前的情况来看，我想不会有人质疑你的资格。”

威尔把玩着手中泛着淡淡光芒的异形金属坠子，又想起自己今天上午的表现。真奇怪，他竟然如此心甘情愿地放弃了他长久以来的梦想——进入战斗学校，成为红山堡骑士军的一员。

他将吊坠链子缠在食指上，把它一圈一圈地卷起来，又垂下手，让它打着旋儿滑落。他深深地叹了一口气。生活就是如此让人费解。在他的内心深处，他感到自己做出了正确的决定；但同时，在更深更深的地方，他仍有一丝疑虑。

威尔猛地一惊，突然意识到有人来了。他连忙转过身，发现霍尔特已经走到了他身边。霍尔特弯下腰，在粗糙的松木地板上坐下，两个人就这样并排坐在窄窄的走廊上。在他们面前，夕阳将林间的绿叶照得透亮，每当微风拂过，光线就旋转着舞蹈起来。

“重大的日子。”他平和地说道。威尔点了点头。

“你做出了一个重大的决定。”霍尔特又说道。接下来的几分钟里，两个人都没有说话。然后威尔转过头来。

“霍尔特，我做得对吗？”他问道，声音里带着显而易见的苦恼。霍尔特将手肘支在膝盖上，身体微微前倾，眯缝着眼睛，凝视着穿过树丛的炫目光影。

“你要问我的意见，我会说，你做得对。我选择你成为我的学徒，是因为我看到你有成为游侠的巨大潜力。老实说，我甚至已经开始习惯有你陪在身边，任我使唤了。”霍尔特的脸上带着浅浅的笑意，“不过，我的感受，我的愿望，在这件事情上都不重要。对你来说，你心里真正想要什么，才是正确的决定。”

“我以前一直想成为一名骑士。”威尔说。他忽然意识到，他那么自然地使用了“以前”这个词。不过他知道，在他心里的某个地方，他依然渴望成为骑士。

“人之常情。”霍尔特静静地说，“同时想做两件截然不同的事是很正常的。这个问题最后会变成一道选择题：你到底更想做哪一件。”

威尔感到霍尔特又一次看穿了自己的想法。

“或许你可以试着整理一下思路，当你拒绝阿拉德男爵的邀请时，那种失落从何而来？”霍尔特循循善诱地说道。

威尔仔细地思考了一会儿。“我想……”他慢慢开口道，“我想，拒绝战斗学校可能会令我的父亲感到失望。”

霍尔特惊讶地扬起了眉毛。“你的父亲？”他脱口问道。威尔点了点头。

“他是一名英勇的战士，”他告诉霍尔特，“一名骑士。他在亥肯荒野与兽人军队的作战中牺牲了，像英雄一样倒下了。”

“你都知道了，是吗？”霍尔特问道。威尔点了点头。这个关于父亲的想象支撑他度过了那段漫长而孤独的岁月。在那段日子里，他不知道自己是谁，也不知道自己想成为怎样的人。对他而言，那个想象就等于事实。

“他一定是一个绝不会令儿子蒙羞的父亲。”他最后说道。

霍尔特点了点头：“你说得没错。”

霍尔特的语气令威尔不禁一顿。霍尔特绝不是出于礼貌才如此附和的。威尔连忙转过头，他很清楚这意味着什么。

“霍尔特，你认识他，是吗？你认识我的父亲？”

男孩的目光中闪烁着希望的光芒，他迫切想要知道真相。霍尔特冷静地点了点头。

“是的，我认识他。我和他相识的时间不长，但我可以很肯定地说，我了解他的品性。你刚刚说得没错，他是个值得你为之骄傲的父亲。”

“他是个英勇的战士，对吗？”威尔问道。

“他是一名士兵，”霍尔特说，“一名无畏的战士。”

“我就知道！”威尔开心起来，“他是一名伟大的骑士！”

“一名中士。”霍尔特温和但坚定地纠正道。

威尔张大了嘴，本来要说的话都卡在喉头。最后，他以无比困惑的口气反问道：“中士？”

霍尔特点点头。他看到男孩眼中的失望，于是伸出一只胳膊搂住了他的肩膀。

“不要以一个人的地位来判断他的品性，威尔。你的父亲，丹尼尔，是一名忠诚勇敢的士兵。他出身于农家，所以没有机会进入战斗学校。但如果他有这个机会，他一定会成为最伟大的骑士。”

“可他——”威尔伤心地开口道。霍尔特打断了他，以一种和蔼、温柔而富有说服力的口吻继续说了下去。

“因为，虽然他没有发下任何骑士的誓言，没有接受任何骑士的特殊训练，他依然达到了骑士精神与骑士气概的最高境界，展现了英勇无畏的精神。那是在亥肯荒野打了胜仗的几天之后，莫葛拉斯和他的兽人军队已经开始朝三步隘撤退。不料这时，他们突然杀了个回马枪。你父亲看到一名同伴被一小群兽人包围了。那个人倒在地上，要不是你父亲及时伸出援手，下一秒他就要被乱刀剁碎了。”

威尔的眼中又燃起了光芒。

“是吗？”威尔轻轻吐出这两个字，霍尔特点了点头。

“是啊。他从安全的行军队列中一跃而出，手里只拿着一支长矛。他挡在受伤倒地的同伴面前，从三个兽人的手里救下了同伴。他一矛刺死了其中一个兽人，另一个兽人则将矛头拗断了。丹尼尔手里只剩下半截木棍，他像使长棍一样将它挥舞起来，把两个兽人都打倒了——左一下，右一下！就像这样！”

他伸出手，一左一右地挥动着，向威尔演示着他父亲当时的动作。威尔现在正目不转睛地盯着他，仿佛也回到了当日的那场战斗中。

“后来，那支长矛也在抵挡另一次攻击时折断了，他受了很重的伤——对许多人来说都是致命的伤。但他没有倒下，而是从他先前杀死的兽人腰间拔出宝剑，顶着身上血流不止的伤口又干掉了三个兽人。”

“三个兽人？”威尔问。

“整整三个。他的动作像猎豹一样敏捷。而且别忘了，他是一个长矛手，从来没有学习过怎么用剑。”

霍尔特顿了顿，思绪又飘回到多年以前的那一天。

“而且你也知道，兽人总是天不怕地不怕，对吧？它们就是所谓的‘无知无觉者’，一旦开始战斗，几乎必然会死战到底。

“是的，几乎。我很少看到兽人会害怕，但那一天，它们害怕了。你的父亲始终屹立在受伤的同伴身边，挥舞着手中的剑。兽人开始后退。最开始它们只是慢慢地后撤，然后就跑了起来，最后直接转过身跑掉了。

“我从来没有见过谁，哪一个骑士，哪一个英勇的战士，能够吓得兽人落荒而逃。但你的父亲做到了。虽然他只是一名中士，威尔，但他是我有幸见过的最最英勇的战士。虽然兽人们最终四散而逃，他还是单膝跪地，始终守在同伴的身边，试图为他提供保护，尽管他知道，他自己就要死了。

“他的身上有好多处伤口，但最重的伤来自最开始的那一击。”

“那，他的朋友活下来了吗？”威尔小声问道。

霍尔特露出迷惘的神情。“他的朋友？”他问。

“就是他要保护的那个人。”威尔说，“他活下来了吗？”

不知怎的，威尔觉得，如果父亲这一番舍生忘死的牺牲没能救活他的朋友，那就太令人难过了。

“他们不是朋友。”霍尔特说，“在丹尼尔冲上来之前，他从来没见过我。”他顿了顿，又补充道：“我也从来没见过他。”

最后这两句话直冲威尔的脑门。

“你？”他低声问道，“你就是他救的那个人？”

霍尔特点点头：“正如我所说的，我和他相识的时间只有这短短的几分钟。但他为我所做的一切令我终生难以回报。他在弥留之际告诉我，他的妻子现在正孤苦伶仃地留在家里种田，他们的孩子随时都可能出生。他恳求我照顾好他的妻儿。”

威尔抬头望着那张如今他已经非常熟悉的、胡子拉碴的冷酷面容。霍尔特沉浸在对过去所发生的事情的回忆里，他的眼睛里盛满了悲伤。

“但我去得太晚了。你的母亲当时难产，生下你不久后就撒手人寰。是我把你带回这里，阿拉德男爵也同意将你收留在抚养院里，直到你长大成人，能够来当我的学徒。”

“但是这些年来，你从来没有——”威尔一时间讲不出话来。霍尔特冲他淡淡一笑。

“我从来没有告诉过你，是我将你送进抚养院的？没错。你想想，威尔，人们是怎么看待游侠的？在你的成长过程中，他们会怎么对你？可能会觉得你是个怪物。所以我们决定，不要把我和你之间的关系告诉任何人。”

威尔点点头。毫无疑问，霍尔特是对的。抚养院的生活已经够艰难的了，如果人们知道他和霍尔特之间的关系，情况只会变得更糟。

“所以说，你会选我做你的学徒，只是因为我父亲的缘故？”威尔问。不过这次，霍尔特摇了摇头。

“不。我确保你得到阿拉德男爵的照拂，是因为你父亲的缘故。但我选你做我的学徒，是因为你表现出了成为游侠的潜力和技巧。况且，你也继承了你父亲的勇气。”

之后，是一段长长的沉默。威尔依然沉浸在父亲的传奇故事里。不知为何，这个真实的故事远比威尔小时候编造的那些英雄幻想更加令人振奋、更加引人遐思。最后，霍尔特站起身，准备离开。威尔感激地抬头望着面前须发斑白的身影，斜阳的最后一缕余晖为他描了一道金边。

“我想，父亲一定会为我的选择感到骄傲。”说着，威尔将挂着青铜橡叶的项链戴到了脖子上。霍尔特则轻轻点了点头，转身回屋去了，只留下他的学徒依然沉浸在自己的思绪中。

威尔又静静地安坐了几分钟，他的手不自觉地抚摸着脖子上的青铜橡叶。晚风送来一阵模糊的喧闹，那是战斗学校的学员们在校场上操练，还有军械库里昼夜不停地响了一周的金石敲打之声。整个红山堡厉兵秣马，为迫在眉睫的战争做准备。

奇怪的是，此时此刻，威尔的心中却充盈着一股前所未有的平静。